POESIA DE

FLORBELA ESPANCA

VOLUME 2

Livros da autora na Coleção **L&PM** Pocket

A mensageira das violetas

Poesia de Florbela Espanca – volume 1

Poesia de Florbela Espanca – volume 2

POESIA DE

FLORBELA ESPANCA

VOLUME 2

LIVRO DE SOROR SAUDADE

CHARNECA EM FLOR

RELIQUIAE

www.lpm.com.br

L&PM POCKET

Coleção **L&PM** POCKET, vol. 298

Primeira edição na Coleção **L&PM** POCKET: novembro de 2002
Esta reimpressão: abril de 2008

Capa: Ivan Pinheiro Machado sobre foto de Florbela Espanca
Revisão: Renato Deitos e Jó Saldanha

ISBN 978-85-254-1205-8

E77p Espanca, Florbela, 1894-1930.
Poesia de Florbela Espanca, v.2/ Florbela de Alma da Conceição Espanca. -- Porto Alegre: L&PM, 2008.
160 p. ; 18 cm. -- (Coleção L&PM Pocket)

Conteúdo: Livro de Soror saudade; Charneca em flor; Reliquiae.

1.Ficção portuguesa-poesias. I.Título. II.T.Livro de soror saudade. III.T.Charneca em flor. IV.T. Reliquiae. V.Série.

CDD 869.1
CDU 869-1

Catalogação elaborada por Izabel A. Merlo, CRB 10/329.

Rua Comendador Coruja 314, loja 9 – Floresta – 90.220-180
Porto Alegre – RS – Brasil / Fone: 51.3225.5777 – Fax: 51.3221-538(

Pedidos & Depto. Comercial: vendas@lpm.com.br
Fale conosco: info@lpm.com.br
www.lpm.com.br

Impresso no Brasil
Outono de 2008

TORMENTO DO IDEAL

*Laury Maciel**

Florbela d'Alma da Conceição Lobo Espanca nasceu em Vila Viçosa (Alentejo), em 1894. Seus primeiros versos são da época em que fez o curso secundário, em Évora, e que somente viriam a ser reunidos em volume depois de sua morte.

Malogrado seu casamento, vai para Lisboa estudar Direito e, nesse mesmo ano, 1919, publica *Livro de mágoas*, que passa despercebido. Igual destino teve a obra seguinte, *Livro de Soror Saudade*, dado a lume em 1923. Novamente infeliz no casamento, retira-se do convívio social, embora continue a escrever poesia e a publicá-la ao acaso. Recolhe-se a Matosinhos, já agora estimulada pelas renovadas esperanças de felicidade conjugal, mas seus versos entram a dar sinais de exaustão. Morre, segundo alguns estudiosos, de suicídio, em 1930.

Toda a produção de Florbela entre os anos de 1915 e 1917 – tanto em poesia como em contos – foi escrita em um livro de mercearia ao qual ela deu o título de *Trocando olhares*. Deste livro ela separou 33 poemas para publicar sob o título de *O livro d'ele*, o que não aconteceria.

---

* *Laury Maciel (1924-2002) foi escritor, autor de* Pedra dos anjos *e* Noites no sobrado, *entre outros, livros e professor de Literatura Portuguesa.*

Publicou os livros de poesia: *Livro de mágoas*, 1919; *Livro de Soror Saudade*, 1923; *Reliquiae*, 1931; *Charneca em flor*, 1929. E contos: *As máscaras do destino*, 1931; *Dominó negro*, 1931.

Talvez *Tormento do ideal*, título de um dos sonetos de Antero de Quental*, de quem Florbela Espanca foi discípula – e que recorrera ao suicídio, na impossibilidade de respostas para suas indagações de ordem teológico-existencial –, possa lançar tênue luz sobre a trajetória filosófica e moral da poeta, da qual certamente a base é o amor. "Dele brotam – como notou muito bem Antônio Freire – todas as qualidades e defeitos da poetisa; nele, até, mergulha raízes profundas a prodigiosa inspiração poética que a imortalizou como artista".

Portadora de uma insaciável sede de amar, logo convertida em ideário de vida, tem início sua dolorosa tragédia: a impossibilidade de expressar, à perfeição, este estado de alma.

Feliciano Ramos, em sua excelente *História da Literatura Portuguesa*, assinala que "Escolheu (Florbela Espanca) o soneto para transmitir a sua perturbante e sombria interioridade. Dentro dessa

---

*Antero Tarquírio de Quental (1842-1891), grande poeta português, figura polêmica, ativista político, teve grande influência sobre a geração de intelectuais da segunda metade do século XIX e início do século XX. Poeta notável, seu livro mais importante é *Sonetos completos* (1866). Esteve em Paris em 1868, onde conheceu Michelet e Proudhon, de quem passou a comunhar das idéias socialistas. Suicidou-se em 1891 com um tiro de revólver, em plena praça principal da cidade de Ponta Delgada, nos Açores.

pequenina fórmula métrica e estrófica, Florbela move-se e realiza-se com todo o à-vontade: crê-se que os seus versos registram com estridência dramática o cruciante viver de sua 'alma trágica e doente' (soneto *Ao vento*). E, no entanto, embora os sonetos de Florbela sejam tão angustiosos e contagiantes, ela tristemente verifica a impossibilidade de efetuar a comunicação integral de sua desventura: no soneto *Impossível*, confessa que a sua dor é tão grande que não caberia mesmo em 'cem milhões de versos', caso os viesse a escrever." E continua Feliciano Ramos: "Agitada por eterna ansiedade, está sempre longe de encontrar o que espera: 'o meu reino fica para além' dirá Florbela, assediada pelo tormento de constantemente pedir à vida mais do que ela pode dar. Esta 'inquietação' de exilada da realidade inspira-lhe versos comoventes".

Nesse sentido – me parece – é que no mencionado *Tormento do ideal* (soneto em que Antero traduz, à perfeição, todo o seu pessimismo à Schopenhauer), reside integralmente o drama existencial de Florbela Espanca: a inútil busca da forma para expressá-lo:

Conheci a Beleza (leia-se o Amor, o Absoluto, a Verdade) *que não morre*
E fiquei triste.
E, no primeiro terceto, a confissão:
Pedindo à forma, em vão, a idéia /pura,
Tropeço em sombras, na /matéria dura,
E encontro a imperfeição de /quanto existe.

Eis, pois, toda a tragédia de Florbela Espanca. Na base desse perfil moral e filosófico está o amor: dele brota tudo o que a prodigiosa inspiração poética de Florbela Espanca imortalizou, como artista. Desde as primeiras experiências amorosas, aos dezesseis anos, que ela refere como "misteriosa descoberta", passando por dolorosas experiências sentimentais até o final de sua vida, tudo se converte em atrozes interrogações em seu atribulado espírito cem por cento feminino. Só tem uma certeza: quer amar e ser amada. No soneto *Exaltação*, assim o cantou: *Deus fez os nossos braços pra prender /E a boca fez-se sangue pra beijar*. Esta sede de amar plasmou-a num soneto, pleno de verdade e de beleza, em que o amor feminino atinge os limites do sublime:

Gosto de ti apaixonadamente
De ti que és a vitória, a salvação,
De ti que me trouxeste pela mão
Até ao brilho desta chama /quente.
A tua linda voz de água corrente
Ensinou-me a cantar... e essa /canção
Foi ritmo nos meus versos de /paixão,
Foi graça no meu peito de /descrente,

Bordão a amparar a minha /cegueira,
Da noite negra o mágico farol,
Cravos rubros a arder numa /fogueira.

E eu, que era neste mundo uma /vencida,
Ergo a cabeça ao alto, encaro o /Sol!
Águia real, apontas-me a /subida!

O poema raia ao sublime, mas a poeta, em sua ânsia de perfeição formal, embora tenha encontrado uma luz (o Sol, a Águia real), ainda assim brada por "Um bordão a amparar minha cegueira".

Florbela quase não sabe escrever senão sobre o amor: *Livro do meu amor, do teu amor /Livro do nosso amor, do nosso peito... /Abre as folhas devagar, com jeito, / (...) Olha que eu outro já não sei compor.*

Sempre o amor: *Mesmo a um velho eu perguntei: – Velhinho /Viste o Amor acaso em teu caminho? / E o velhinho estremeceu... olhou...e riu... / (...) E eu paro a murmurar:'Ninguém o viu!'.*

Pior: o amor ludibriou-a: *Procurei o amor que me mentiu.*

A própria poeta, num auto-retrato, mostra até que ponto o seu temperamento, visceralmente insatisfeito, a fadava à incompreensão: *O meu talento! De que me tem servido? Não trouxe nunca às minhas mãos vazias a mais pequena esmola do destino. Até hoje não há ninguém que de mim se tenha aproximado que não me tenha feito mal. Talvez culpa minha, talvez... O meu mundo não é como o dos outros; quero demais, exijo demais; há em mim uma sede de infinito, uma angústia constante que nem eu mesma compreendo, pois estou longe de ser uma pessimista; sou antes uma exaltada, com uma alma intensa, violenta, atormentada, uma alma que se não sente bem onde está, que tem saudades... sei lá de quê!*

É lícito, pois, diante de tanto sofrimento, que a confissão acima corrobora, admitir-se a idéia de que

Florbela Espanca se teria suicidado. Amélia Vilar, uma estudiosa da grande poeta, afirma: *Essa neurastenia que, sem dó nem piedade, lhe tumultuava no sangue, tinha de produzir os seus funestos estragos nas lamentáveis conseqüências do suicídio.*

Se colocarmos a questão sob a jurisdição da patologia, talvez Amélia Vilar tenha razão. Mas não. Florbela padece de *uma sede de infinito* que nem seu invulgar talento pode saciar: um tormento do ideal, que tem a ver muito mais com a verdade literária do que com a patologia.

A verdade é que o suicídio nunca se provou, por mais que queiram justificá-lo também com uma provável relação incestuosa com seu irmão Apeles, tragicamente morto nas águas do Tejo, por quem, de fato, votava extremado amor de irmã. Tudo não passou de uma campanha difamatória, como tantas que circularam em torno da poeta.

Há um testemunho decisivo, definitivo (colhido pelo citado Antônio Freire), sobre o assunto e, que, a nosso ver, encerra o assunto: é o do padre Nuno Sanches, de Matosinhos, e que diz o seguinte: *Como sacerdote católico, sei o que a Igreja estabelece para os suicidas; como coadjutor da paróquia (de Matosinhos), no cemitério da qual foi inumada a poetisa Florbela Espanca, sei que o seu enterro foi feito religiosamente, assim como o fora antes o seu casamento. Para o enterro religioso não foi pedida nenhuma dispensa ou autorização especial às autoridades eclesiásticas, o que exclui, portanto, essa tal hipótese, que tenho por caluniosa e tanto mais reprovável quando se trata de alguém que não pode defender-se.*

Por tudo isso, Florbela Espanca tem sido considerada, com muita justiça, a figura feminina mais importante da Literatura Portuguesa. Sua poesia, mais significativa que seus contos e produto duma sensibilidade exacerbada por fortes impulsos eróticos, corresponde a um verdadeiro diário íntimo, cuja temperatura de confidência só encontra semelhança nas *Cartas de Amor* de Mariana Alcoforado.

Cansada de suplicar, a Morte é o próximo passo (como em Antero, no soneto *Com os mortos)*: *Deixai entrar a Morte, a iluminada /A quem vem para mim, pra me levar /Abri todas as portas par em par /Como asas a bater em revoada.*

A tragédia da impossibilidade de comunicar um amor incorrespondido foi, portanto, a grande tragédia de Florbela Espanca, compreensível (se é que há compreensão para essas coisas) na fusão das duas personalidades da poeta numa só: a artista e a amante.

É neste sentido que o mencionado *Tormento do ideal*, de Antero de Quental, pode ajudar a derramar alguma luz sobre sua alma trágica.

Esta edição em dois volumes reúne quase a totalidade da obra de Florbela Espanca. A ordem dos poemas obedece ao critério utilizado por Rui Guedes em sua Poesia completa de Florbela Espanca *(Publicações Dom Quixote, Lisboa, 2001).*

SUMÁRIO

LIVRO DE SOROR SAUDADE

1923

Irmã, Soror Saudade, ah! se eu pudesse
Tocar de aspiração a nossa vida,
Fazer do mundo a Terra Prometida
Que ainda em sonho às vezes me aparece!

Américo Durão

Il n'a pas à se plaindre celui qui attend
Un sentiment plus ardent et plus généreux.
Il n'a pas à se plaindre celui qui attend
Le désir d'un peu plus de bonheur, d'un
Peu plus de beauté, d'un peu plus de justice.

Maeterlinck
La Sagesse et la Destinée

"SOROR SAUDADE"

A Américo Durão

Irmã, Soror Saudade me chamaste...
E na minh'alma o nome iluminou-se
Como um vitral ao sol, como se fosse
A luz do próprio sonho que sonhaste.

Numa tarde de Outono o murmuraste,
Toda a mágoa do Outono ele me trouxe,
Jamais me hão de chamar outro mais doce.
Com ele bem mais triste me tornaste...

E baixinho, na alma da minh'alma,
Como bênção de sol que afaga e acalma,
Nas horas más de febre e de ansiedade,

Como se fossem pétalas caindo
Digo as palavras desse nome lindo
Que tu me deste: "Irmã, Soror Saudade..."

O NOSSO LIVRO

A A.G.

Livro do meu amor, do teu amor,
Livro do nosso amor, do nosso peito...
Abre-lhe as folhas devagar, com jeito,
Como se fossem pétalas de flor.

Olha que eu outro já não sei compor
Mais santamente triste, mais perfeito
Não esfolhes os lírios com que é feito
Que outros não tenho em meu jardim de dor!

Livro de mais ninguém! Só meu! Só teu!
Num sorriso tu dizes e digo eu:
Versos só nossos mas que lindos sois!

Ah, meu Amor! Mas quanta, quanta gente
Dirá, fechando o livro docemente:
"Versos só nossos, só de nós os dois!..."

O QUE TU ÉS...

És Aquela que tudo te entristece
Irrita e amargura, tudo humilha;
Aquela a quem a Mágoa chamou filha;
A que aos homens e a Deus nada merece.

Aquela que o sol claro entenebrece
A que nem sabe a estrada que ora trilha,
Que nem um lindo amor de maravilha
Sequer deslumbra, e ilumina e aquece!

Mar-Morto sem marés nem ondas largas,
A rastejar no chão como as mendigas,
Todo feito de lágrimas amargas!

És ano que não teve Primavera...
Ah! Não seres como as outras raparigas
Ó Princesa Encantada da Quimera!...

FANATISMO

Minh'alma, de sonhar-te, anda perdida.
Meus olhos andam cegos de te ver.
Não és sequer razão do meu viver
Pois que tu és já toda a minha vida!

Não vejo nada assim enlouquecida...
Passo no mundo, meu Amor, a ler
No mist'rioso livro do teu ser
A mesma história tantas vezes lida!...

"Tudo no mundo é frágil, tudo passa..."
Quando me dizem isto, toda a graça
Duma boca divina fala em mim!

E, olhos postos em ti, digo de rastros:
"Ah! podem voar mundos, morrer astros,
Que tu és como Deus: princípio e fim!..."

ALENTEJANO

À Buja

Deu agora meio-dia; o sol é quente
Beijando a urze triste dos outeiros.
Nas ravinas do monte andam ceifeiros,
Na faina, alegres, desde o sol nascente.

Cantam as raparigas meigamente.
Brilham os olhos negros, feiticeiros.
E há perfis delicados e trigueiros
Entre as altas espigas d'oiro ardente.

A terra prende aos dedos sensuais
A cabeleira loira dos trigais
Sob a bênção dulcíssima dos céus.

Há gritos arrastados de cantigas...
E eu sou uma daquelas raparigas...
E tu passas e dizes: "Salve-os Deus!"

QUE IMPORTA?...

Eu era a desdenhosa, a indif'rente.
Nunca sentira em mim o coração
Bater em violências de paixão
Como bate no peito à outra gente.

Agora, olhas-me tu altivamente,
Sem sombra de Desejo ou de emoção,
Enquanto a asa loira da ilusão
Dentro em mim se desdobra a um sol nascente.

Minh'alma, a pedra, transformou-se em fonte;
Como nascida em carinhoso monte
Toda ela é riso, e é frescura, e graça!

Nela refresca a boca um só instante...
Que importa?... Se o cansado viandante
Bebe em todas as fontes... quando passa?...

FUMO

Longe de ti são ermos os caminhos,
Longe de ti não há luar nem rosas;
Longe de ti há noites silenciosas,
Há dias sem calor, beirais sem ninhos!

Meus olhos são dois velhos pobrezinhos
Perdidos pelas noites invernosas...
Abertos, sonham mãos cariciosas,
Tuas mãos doces plenas de carinhos!

Os dias são Outonos: choram... choram...
Há crisântemos roxos que descoram...
Há murmúrios dolentes de segredos...

Invoco o nosso sonho! Estendo os braços!
E ele é, ó meu amor pelos espaços,
Fumo leve que foge entre os meus dedos....

O MEU ORGULHO

Lembro-me o que fui dantes. Quem me dera
Não me lembrar! Em tardes dolorosas
Lembro-me que fui a Primavera
Que em muros velhos faz nascer as rosas!

As minhas mãos outrora carinhosas
Pairavam como pombas... Quem soubera
Porque tudo passou e foi quimera,
E porque os muros velhos não dão rosas!

O que eu mais amo é que mais me esquece...
E eu sonho: "Quem olvida não merece..."
E já não fico tão abandonada!

Sinto que valho mais, mais pobrezinha:
Que também é orgulho ser sozinha,
E também é nobreza não ter nada!

OS VERSOS QUE TE FIZ

Deixa dizer-te os lindos versos raros
Que a minha boca tem pra te dizer!
São talhados em mármore de Paros
Cinzelados por mim pra te oferecer.

Têm dolências de veludos caros,
São como sedas brancas a arder...
Deixa dizer-te os lindos versos raros
Que foram feitos pra te endoidecer!

Mas, meu Amor, eu não tos digo ainda...
Que a boca da mulher é sempre linda
Se dentro guarda um verso que não diz!

Amo-te tanto! E nunca te beijei...
E, nesse beijo, Amor, que eu te não dei
Guardo os versos mais lindos que te fiz!

FRIEZA

Os teus olhos são frios como as espadas,
E claros como os trágicos punhais,
Têm brilhos cortantes de metais
E fulgores de lâminas geladas.

Vejo neles imagens retratadas
De abandonos cruéis e desleais,
Fantásticos desejos irreais,
E todo o oiro e o sol das madrugadas!

Mas não te invejo, Amor, essa indif'rença,
Que viver neste mundo sem amar
É pior que ser cego de nascença!

Tu invejas a dor que vive em mim!
E quanta vez dirás a soluçar:
"Ah, quem me dera, Irmã, amar assim!..."

O MEU MAL

A meu irmão

Eu tenho lido em mim, sei-me de cor,
Eu sei o nome ao meu estranho mal:
Eu sei que fui a renda dum vitral,
Que fui cipreste, caravela, dor!

Fui tudo que no mundo há de maior:
Fui cisne, e lírio, e águia, e catedral!
E fui, talvez, um verso de Nerval,
Ou um cínico riso de Chamfort...

Fui a heráldica flor de agrestes cardos,
Deram as minhas mãos aroma aos nardos...
Deu cor ao eloendro a minha boca...

Ah! de Boabdil fui lágrima na Espanha!
E foi de lá que eu trouxe esta ânsia estranha,
Mágoa não sei de quê! Saudade louca!

A NOITE DESCE...

Como pálpebras roxas que tombassem
Sobre uns olhos cansados, carinhosas,
A noite desce... Ah! doces mãos piedosas
Que os meus olhos tristíssimos fechassem!

Assim mãos de bondade me beijassem!
Assim me adormecessem! Caridosas
Em braçados de lírios, de mimosas,
No crepúsculo que desce me enterrassem!

A noite em sombra e fumo se desfaz...
Perfume de baunilha ou de lilás,
A noite põe-me embriagada, louca!

E a noite vai descendo, sempre calma...
Meu doce Amor tu beijas a minh'alma
Beijando nesta hora a minha boca!

CARAVELAS

Cheguei a meio da vida já cansada
De tanto caminhar! Já me perdi!
Dum estranho país que nunca vi
Sou neste mundo imenso a exilada.

Tanto tenho aprendido e não sei nada.
E as torres de marfim que construí
Em trágica loucura as destruí
Por minhas próprias mãos de malfadada!

Se eu sempre fui assim este Mar-Morto,
Mar sem marés, sem vagas e sem porto
Onde velas de sonhos se rasgaram.

Caravelas doiradas a bailar...
Ai, quem me dera as que eu deitei ao Mar!
As que eu lancei à vida, e não voltaram!...

INCONSTÂNCIA

Procurei o amor que me mentiu.
Pedi à Vida mais do que ela dava.
Eterna sonhadora edificava
Meu castelo de luz que me caiu!

Tanto clarão nas trevas refulgiu,
E tanto beijo a boca me queimava!
E era o sol que os longes deslumbrava
Igual a tanto sol que me fugiu!

Passei a vida a amar e a esquecer...
Um sol a apagar-se e outro a acender
Nas brumas dos atalhos por onde ando...

E este amor que assim me vai fugindo
É igual a outro amor que vai surgindo,
Que há de partir também... nem eu sei
[quando...

O NOSSO MUNDO

Eu bebo a Vida, a Vida, a longos tragos
Como um divino vinho de Falerno!
Poisando em ti o meu amor eterno
Como poisam as folhas sobre os lagos...

Os meus sonhos agora são mais vagos...
O teu olhar em mim, hoje, é mais terno...
E a Vida já não é o rubro inferno
Todo fantasmas tristes e pressagos!

A Vida, meu Amor, quer vivê-la!
Na mesma taça erguida em tuas mãos,
Bocas unidas hemos de bebê-la!

Que importa o mundo e as ilusões defuntas?...
Que importa o mundo e seus orgulhos vãos?...
O mundo, Amor?... As nossas bocas juntas!...

PRINCE CHARMANT

A Raul Proença

No lânguido esmaecer das amorosas
Tardes que morrem voluptuosamente
Procurei-O no meio de toda a gente.
Procurei-O em horas silenciosas

Das noites da minh'alma tenebrosas!
Boca sangrando beijos, flor que sente...
Olhos postos num sonho, humildemente...
Mãos cheias de violetas e de rosas...

E nunca O encontrei!... Prince Charmant
Como audaz cavaleiro em velhas lendas
Virá, talvez, nas névoas da manhã!

Ah! Toda a nossa vida anda a quimera
Tecendo em frágeis dedos frágeis rendas...
– Nunca se encontra Aquele que se espera!... –

ANOITECER

A luz desmaia num fulgor d'aurora,
Diz-nos adeus religiosamente...
E eu, que não creio em nada, sou mais crente
Do que em menina, um dia, o fui... outrora...

Não sei o que em mim ri, o que em mim
[chora
Tenho bênçãos d'amor pra toda a gente!
Como eu sou pequenina e tão dolente
No amargo infinito desta hora!

Horas tristes que são o meu rosário...
Ó minha cruz de tão pesado lenho!
Meu áspero e intérmino Calvário!

E a esta hora tudo em mim revive:
Saudades de saudades que não tenho...
Sonhos que são os sonhos dos que eu tive...

ESFINGE

Sou filha da charneca erma e selvagem.
Os giestais, por entre os rosmaninhos,
Abrindo os olhos d'oiro, p'los caminhos,
Desta minh'alma ardente são a imagem.

Embalo em mim um sonho vão, miragem:
Que tu e eu, em beijos e carinhos,
Eu a Charneca e tu o Sol, sozinhos,
Fôssemos um pedaço de paisagem!

E à noite, à hora doce da ansiedade
Ouviria da boca do luar
O De Profundis triste da saudade...

E à tua espera, enquanto o mundo dorme,
Ficaria, olhos quietos, a cismar...
Esfinge olhando a planície enorme...

TARDE DEMAIS...

Quando chegaste enfim, para te ver
Abriu-se a noite em mágico luar;
E pra o som de teus passos conhecer
Pôs-se o silêncio, em volta, a escutar...

Chegaste enfim! Milagre de endoidar!
Viu-se nessa hora o que não pode ser:
Em plena noite, a noite iluminar;
E as pedras do caminho florescer!

Beijando a areia d'oiro dos desertos
Procurara-te em vão! Braços abertos,
Pés nus, olhos a rir, a boca em flor!

E há cem anos que eu fui nova e linda!...
E a minha boca morta grita ainda:
"Por que chegaste tarde, Ó meu Amor?!..."

NOTURNO

Amor! Anda o luar todo bondade,
Beijando a terra, a desfazer-se em luz...
Amor! São os pés brancos de Jesus
Que andam pisando as ruas da cidade!

E eu ponho-me a pensar... Quanta saudade
Das ilusões e risos que em ti pus!
Traçaste em mim os braços duma cruz,
Neles pregaste a minha mocidade!

Minh'alma, que eu te dei, cheia de mágoas,
E nesta noite o nenúfar dum lago
'Stendendo as asas brancas sobre as águas!

Poisa as mãos nos meus olhos com carinho,
Fecha-os num beijo dolorido e vago...
E deixa-me chorar devagarinho...

CINZENTO

Poeiras de crepúsculos cinzentos,
Lindas rendas velhinhas, em pedaços,
Prendem-se aos meus cabelos, aos meus
[braços
Como brancos fantasmas, sonolentos...

Monges soturnos deslizando lentos,
Devagarinho, em mist'riosos passos...
Perde-se a luz em lânguidos cansaços...
Ergue-se a minha cruz dos desalentos!

Poeiras de crepúsculos tristonhos,
Lembram-me o fumo leve dos meus sonhos,
A névoa das saudades que deixaste!

Hora em que o teu olhar me deslumbrou...
Hora em que a tua boca me beijou...
Hora em que fumo e névoa te tornaste...

MARIA DAS QUIMERAS

Maria das Quimeras me chamou
Alguém... Pelos castelos que eu ergui
P'las flores d'oiro e azul que a sol teci
Numa tela de sonho que estalou.

Maria das Quimeras me ficou;
Com elas na minh'alma adormeci.
Mas, quando despertei, nem uma vi
Que da minh'alma, Alguém, tudo levou!

Maria das Quimeras, que fim deste
Às flores d'oiro e azul que a sol bordaste,
Aos sonhos tresloucados que fizeste?

Pelo mundo, na vida, o que é que esperas?...
Aonde estão os beijos que sonhaste,
Maria das Quimeras, sem quimeras?...

SAUDADES

Saudades! Sim... talvez... e por que não?...
Se o nosso sonho foi tão alto e forte
Que bem pensara vê-lo até à morte
Deslumbrar-me de luz o coração!

Esquecer! Para quê?... Ah, como é vão!
Que tudo isso, Amor, nos não importe.
Se ele deixou beleza que conforte
Deve-nos ser sagrado como o pão.

Quantas vezes, Amor, já te esqueci,
Para mais doidamente me lembrar
Mais doidamente me lembrar de ti!

E quem dera que fosse sempre assim:
Quanto menos quisesse recordar
Mais a saudade andasse presa a mim!

O QUE ALGUÉM DISSE

"Refugia-te na Arte" diz-me Alguém
"Eleva-te num vôo espiritual,
Esquece o teu amor, ri do teu mal,
Olhando-te a ti própria com desdém.

Só é grande e perfeito o que nos vem
Do que em nós é Divino e imortal!
Cega de luz e tonta de ideal
Busca em ti a Verdade e em mais ninguém!"

No poente doirado como a chama
Estas palavras morrem... E n'Aquele
Que é triste, como eu, fico a pensar...

O poente tem alma: sente e ama!
E, porque o sol é cor dos olhos d'Ele,
Eu fico olhando o sol, a soluçar...

RUÍNAS

Se é sempre Outono o rir das Primaveras,
Castelos, um a um, deixa-os cair...
Que a vida é um constante derruir
De palácios do Reino das Quimeras!

E deixa sobre as ruínas crescer heras,
Deixa-as beijar as pedras e florir!
Que a vida é um contínuo destruir
De palácios do Reino das Quimeras!

Deixa tombar meus rútilos castelos!
Tenho ainda mais sonhos para erguê-los
Mais alto do que as águias pelo ar!

Sonhos que tombam! Derrocada louca!
São como os beijos duma linda boca!
Sonhos!... Deixa-os tombar... Deixa-os
[tombar.

CREPÚSCULO

Teus olhos, borboletas de oiro, ardentes
Batendo as asas leves, irisadas,
Poisam nos meus, suaves e cansadas
Como em dois lírios roxos e dolentes...

E os lírios fecham... Meu Amor, não sentes?
Minha boca tem rosas desmaiadas,
E as minhas pobres mãos são maceradas
Como vagas saudades de doentes...

O Silêncio abre as mãos... entorna rosas...
Andam no ar carícias vaporosas
Como pálidas sedas, arrastando...

E a tua boca rubra ao pé da minha
É na suavidade da tardinha
Um coração ardente palpitando...

ÓDIO?

À Aurora Aboim

Ódio por Ele? Não... Se o amei tanto,
Se tanto bem lhe quis no meu passado,
Se o encontrei depois de o ter sonhado,
Se à vida assim roubei todo o encanto,

Que importa se mentiu? E se hoje o pranto
Turva o meu triste olhar, marmorizado,
Olhar de monja, trágico, gelado
Com um soturno e enorme Campo Santo!

Nunca mais o amar já é bastante!
Quero senti-lo doutra, bem distante,
Como se fora meu, calma e serena!

Ódio seria em mim saudade infinda,
Mágoa de o ter perdido, amor ainda!
Ódio por Ele? Não... não vale a pena...

RENÚNCIA

A minha mocidade há muito pus
No tranqüilo convento da tristeza;
Lá passa dias, noites, sempre presa,
Olhos fechados, magras mãos em cruz...

Lá fora, a Noite, Satanás, seduz!
Desdobra-se em requintes de Beleza...
É como um beijo ardente a Natureza...
A minha cela é como um rio de luz...

Fecha os teus olhos bem! Não vejas nada!
Empalidece mais! E, resignada,
Prende os teus braços a uma cruz maior!

Gela ainda a mortalha que te encerra!
Enche a boca de cinzas e de terra
Ó minha mocidade toda em flor!

A VIDA

É vão o amor, o ódio, ou o desdém;
Inútil o desejo e o sentimento...
Lançar um grande amor aos pés d'alguém
O mesmo é que lançar flores ao vento!

Todos somos no mundo "Pedro Sem",
Uma alegria é feita dum tormento,
Um riso é sempre o eco dum lamento,
Sabe-se lá um beijo donde vem!

A mais nobre ilusão morre... desfaz-se...
Uma saudade morta em nós renasce
Que no mesmo momento é já perdida...

Amar-te a vida inteira eu não podia...
A gente esquece sempre o bem dum dia.
Que queres, ó meu Amor, se é isto a Vida!...

HORAS RUBRAS

Horas profundas, lentas e caladas
Feitas de beijos rubros e ardentes,
De noites de volúpia, noites quentes
Onde há risos de virgens desmaiadas...

Oiço olaias em flor às gargalhadas...
Tombam astros em fogo, astros dementes,
E do luar os beijos languescentes
São pedaços de prata p'las estradas...

Os meus lábios são brancos como lagos...
Os meus braços são leves como afagos,
Vestiu-os o luar de sedas puras...

Sou chama e neve e branca e mist'riosa...
E sou, talvez, na noite voluptuosa,
Ó meu Poeta, o beijo que procuras!

SUAVIDADE

Poisa a tua cabeça dolorida
Tão cheia de quimeras, de ideal
Sobre o regaço brando e maternal
Da tua doce Irmã compadecida.

Hás de contar-me nessa voz tão q'rida
Tua dor infantil e irreal,
E eu, pra te consolar, direi o mal
Que à minha alma profunda fez a Vida.

E hás de adormecer nos meus joelhos...
E os meus dedos enrugados, velhos,
Hão de fazer-se leves e suaves...

Hão de poisar-se num fervor de crente,
Rosas brancas tombando docemente
Sobre o teu rosto, como penas d'aves...

PRINCESA DESALENTO

Minh'alma é a Princesa Desalento,
Como um Poeta lhe chamou, um dia.
É revoltada, trágica, sombria,
Como galopes infernais de vento!

É frágil como o sonho dum momento,
Soturna como preces de agonia,
Vive do riso duma boca fria!
Minh'alma é a Princesa Desalento...

Altas horas da noite ela vagueia...
E ao luar suavíssimo, que anseia,
Põe-se a falar de tanta coisa morta!

O luar ouve a minh'alma, ajoelhado,
E vai traçar, fantástico e gelado,
A sombra duma cruz à tua porta...

SOMBRA

De olheiras roxas, roxas, quase pretas,
De olhos límpidos, doces, languescentes,
Lagos em calma, pálidos, dormentes
Onde se debruçassem violetas...

De mãos esguias, finas hastes quietas,
Que o vento não baloiça em noites quentes...
Nocturno de Chopin... risos dolentes...
Versos tristes em sonhos de Poetas...

Beijo doce de aromas perturbantes...
Rosal bendito que dá rosas... Dantes
Esta era Eu e Eu era a Idolatrada!...

Ah, cinzas mortas! Ah, luz que se apaga!
Vou sendo, em ti, agora, a sombra vaga
D'alguém que dobra a curva duma estrada...

HORA QUE PASSA

Vejo-me triste, abandonada e só
Bem como um cão sem dono e que o procura,
Mais pobre e desprezada do que Job
A caminhar na via da amargura!

Judeu Errante que a ninguém faz dó!
Minh'alma triste, dolorida, escura,
Minh'alma sem amor é cinza, é pó,
Vaga roubada ao Mar da Desventura!

Que tragédia tão funda no meu peito!...
Quanta ilusão morrendo que esvoaça!
Quanto sonho a nascer e já desfeito!

Deus! Como é triste a hora quando morre...
O instante que foge, voa, e passa...
Fiozinho d'água triste... a vida corre...

DA MINHA JANELA

Mar alto! Ondas quebradas e vencidas
Num soluçar aflito, murmurado..
Vôo de gaivotas, leve, imaculado,
Como neves nos píncaros nascidas!

Sol! Ave a tombar, asas já feridas,
Batendo ainda num arfar pausado...
Ó meu doce poente torturado
Rezo-te em mim, chorando, mãos erguidas!

Meu verso de Samain cheio de graça,
Inda não és clarão já és luar
Como um branco lilás que se desfaça!

Amor! Teu coração traga-o no peito...
Pulsa dentro de mim como este mar
Num beijo eterno, assim, nunca desfeito!...

SOL POENTE

Tardinha... "Ave-Maria, Mãe de Deus..."
E reza a voz dos sinos e das noras...
O sol que morre tem clarões d'auroras,
Águia que bate as asas pelo céu!

Horas que têm a cor dos olhos teus...
Horas evocadoras doutras horas...
Lembranças de fantásticos outroras,
De sonhos que não tenho e que eram meus!

Horas em que as saudades, p'las estradas,
Inclinam as cabeças mart'rizadas
E ficam pensativas... meditando...

Morrem verbenas silenciosamente...
E o rubro sol da tua boca ardente
Vai-me a pálida boca desfolhando...

EXALTAÇÃO

Viver! Beber o vento e o sol! Erguer
Ao céu os corações a palpitar!
Deus fez os nossos braços pra prender,
E a boca fez-se sangue pra beijar!

A chama, sempre rubra, ao alto a arder!
Asas sempre perdidas a pairar!
Mais alto até estrelas desprender!
A glória! A fama! Orgulho de criar!

Da vida tenho o mel e tenho os travos
No lago dos meus olhos de violetas,
Nos meus beijos estáticos, pagãos!

Trago na boca o coração dos cravos!
Boêmios, vagabundos, e poetas,
Como eu sou vossa Irmã, ó meus Irmãos!

CHARNECA EM FLOR

1931

Amar, amar; amar; amar siempre y con todo
El ser y con la tierra y con el cielo,
Con lo claro del sol y lo obscuro del lodo.
Amar por toda ciencia y amar por todo anhelo.

Y cuando la montaña de la vida
Nos sea dura y larga, y alta, y llena de abismos,
Amar la inmensidad, que es de amor encendida,
Y arder en la fusión de nuestros pechos mismos...

Rubén Darío

CHARNECA EM FLOR

Enche o meu peito, num encanto mago,
O frêmito das coisas dolorosas...
Sob as urzes queimadas nascem rosas...
Nos meus olhos as lágrimas apago...

Anseio! Asas abertas! O que trago
Em mim? Eu oiço bocas silenciosas
Murmurar-me as palavras misteriosas
Que perturbam meu ser como um afago!

E nesta febre ansiosa que me invade,
Dispo a minha mortalha, o meu burel,
E, já não sou, Amor, Soror Saudade...

Olhos a arder em êxtases de amor,
Boca a saber a sol, a fruto, a mel:
Sou a charneca rude a abrir em flor!

VERSOS DE ORGULHO

O mundo quer-me mal porque ninguém
Tem asas como eu tenho! Porque Deus
Me fez nascer Princesa entre plebeus
Numa torre de orgulho e de desdém!

Porque o meu Reino fica para Além!
Porque trago no olhar os vastos céus,
E os oiros e os clarões são todos meus!
Porque Eu sou Eu e porque Eu sou Alguém!

O mundo! O que é o mundo, ó meu amor?!
O jardim dos meus versos todo em flor,
A seara dos teus beijos, pão bendito,

Meus êxtases, meus sonhos, meus cansaços...
São os teus braços dentro dos meus braços:
Via Láctea fechando o Infinito!...

RÚSTICA

Ser a moça mais linda do povoado,
Pisar, sempre contente, o mesmo trilho,
Ver descer sobre o ninho aconchegado
A bênção do Senhor em cada filho.

Um vestido de chita bem lavado,
Cheirando a alfazema e a tomilho...
– Com o luar matar a sede ao gado,
Dar às pombas o sol num grão de milho...

Ser pura como a água da cisterna,
Ter confiança numa vida eterna
Quando descer à "terra da verdade"...

Meu Deus, dai-me esta calma, esta pobreza!
Dou por elas meu trono de Princesa,
E todos os meus Reinos de Ansiedade.

REALIDADE

Em ti o meu olhar fez-se alvorada,
E a minha voz fez-se gorjeio de ninho,
E a minha rubra boca apaixonada
Teve a frescura pálida do linho.

Embriagou-me o teu beijo como um vinho
Fulvo de Espanha, em taça cinzelada,
E a minha cabeleira desatada
Pôs a teus pés a sombra dum caminho.

Minhas pálpebras são cor de verbena,
Eu tenho os olhos garços, sou morena,
E para te encontrar foi que eu nasci...

Tens sido vida fora o meu desejo,
E agora, que te falo, que te vejo,
Não sei se te encontrei, se te perdi...

CONTO DE FADAS

Eu trago-te nas mãos o esquecimento
Das horas más que tens vivido, Amor!
E para as tuas chagas o unguento
Com que sarei a minha própria dor.

Os meus gestos são ondas de Sorrento...
Trago no nome as letras de uma flor...
Foi dos meus olhos garços que um pintor
Tirou a luz para pintar o vento...

Dou-te o que tenho: o astro que dormita,
O manto dos crepúsculos da tarde,
O sol que é d'oiro, a onda que palpita.

Dou-te comigo o mundo que Deus fez!
– Eu sou Aquela de quem tens saudade,
A Princesa do conto: "Era uma vez..."

A UM MORIBUNDO

Não tenhas medo, não! Tranqüilamente,
Como adormece a noite pelo Outono,
Fecha os teus olhos, simples, docemente,
Como, à tarde, uma pomba que tem sono...

A cabeça reclina levemente
E os braços deixa-os ir ao abandono,
Como tombam, arfando, ao sol poente,
As asas de uma pomba que tem sono...

O que há depois? Depois?... O azul dos céus?
Um outro mundo? O eterno nada? Deus?
Um abismo? Um castigo? Uma guarida?

Que importa? Que te importa, ó moribundo?
– Seja o que for, será melhor que o mundo!
Tudo será melhor do que esta vida!...

EU

Até agora eu não me conhecia,
julgava que era Eu e eu não era
Aquela que em meus versos descrevera
Tão clara como a fonte e como o dia.

Mas que eu não era Eu não o sabia
E, mesmo que o soubesse, o não dissera...
Olhos fitos em rútila quimera
Andava atrás de mim... e não me via!

Andava a procurar-me – pobre louca! –
E achei o meu olhar no teu olhar,
E a minha boca sobre a tua boca!

E esta ânsia de viver, que nada acalma,
E a chama da tua alma a esbrasear
As apagadas cinzas da minha alma!

PASSEIO AO CAMPO

Meu Amor! Meu Amante! Meu Amigo!
Colhe a hora que passa, hora divina,
Bebe-a dentro de mim, bebe-a comigo!
Sinto-me alegre e forte! Sou menina!

Eu tenho, Amor, a cinta esbelta e fina...
Pele doirada de alabastro antigo...
Frágeis mãos de madona florentina...
– Vamos correr e rir por entre o trigo! –

Há rendas de gramíneas pelos montes...
Papoilas rubras nos trigais maduros...
Água azulada a cintilar nas fontes...

E à volta, Amor... tornemos, nas alfombras
Dos caminhos selvagens e escuros,
Num astro só as nossas duas sombras!...

TARDE NO MAR

A tarde é de oiro rútilo: esbraseia
O horizonte: um cacto purpurino.
E a vaga esbelta que palpita e ondeia,
Com uma frágil graça de menino,

Poisa o manto de arminho na areia
E lá vai, e lá segue ao seu destino!
E o sol, nas casas brancas que incendeia,
Desenha mãos sangrentas de assassino!

Que linda tarde aberta sobre o mar!
Vai deitando do céu molhos de rosas
Que Apolo se entretém a desfolhar...

E, sobre mim, em gestos palpitantes,
As tuas mãos morenas, milagrosas,
São as asas do sol, agonizantes...

SE TU VIESSES VER-ME...

Se tu viesses ver-me hoje à tardinha,
A essa hora dos mágicos cansaços,
Quando a noite de manso se avizinha,
E me prendesses toda nos teus braços...

Quando me lembra: esse sabor que tinha
A tua boca... o eco dos teus passos...
O teu riso de fonte... os teus abraços...
Os teus beijos... a tua mão na minha...

Se tu viesses quando, linda e louca,
Traça as linhas dulcíssimas dum beijo
E é de seda vermelha e canta e ri

E é como um cravo ao sol a minha boca...
Quando os olhos se me cerram de desejo...
E os meus braços se estendem para ti...

MISTÉRIO

Gosto de ti, ó chuva, nos beirados,
Dizendo coisas que ninguém entende!
Da tua cantilena se desprende
Um sonho de magia e de pecados.

Dos teus pálidos dedos delicados
Uma alada canção palpita e ascende,
Frases que a nossa boca não aprende,
Murmúrios por caminhos desolados.

Pelo meu rosto branco, sempre frio,
Fazes passar o lúgubre arrepio
Das sensações estranhas, dolorosas...

Talvez um dia entenda o teu mistério...
Quando, inerte, na paz do cemitério,
O meu corpo matar a fome às rosas!

O MEU CONDÃO

Quis Deus dar-me o condão de ser sensível
Como o diamante à luz que o alumia,
Dar-me uma alma fantástica, impossível:
– Um bailado de cor e fantasia!

Quis Deus fazer de ti a ambrosia
Desta paixão estranha, ardente, incrível!
Erguer em mim o facho inextinguível,
Como um cinzel vincando uma agonia!

Quis Deus fazer-me tua... para nada!
– Vãos, os meus braços de crucificada,
Inúteis, esses beijos que te dei!

Anda! Caminha! Aonde?... Mas por onde?...
Se a um gesto dos teus a sombra esconde
O caminho de estrelas que tracei...

AS MINHAS MÃOS

As minhas mãos magritas, afiladas,
Tão brancas como a água da nascente,
Lembram pálidas rosas entornadas
Dum regaço de Infanta do Oriente.

Mãos de ninfa, de fada, de vidente,
Pobrezinhas em sedas enroladas,
Virgens mortas em luz amortalhadas
Pelas próprias mãos de oiro do sol-poente.

Magras e brancas... Foram assim feitas...
Mãos de enjeitada porque tu me enjeitas...
Tão doces que elas são! Tão a meu gosto!

Pra que as quero eu – Deus! – Pra que as
[quero eu?!
Ó minhas mãos, aonde está o céu?
...Aonde estão as linhas do teu rosto?

NOITINHA

A noite sobre nós se debruçou...
Minha alma ajoelha, põe as mãos e ora!
O luar, pelas colinas, nesta hora,
É água dum gomil que se entornou...

Não sei quem tanta pérola espalhou!
Murmura alguém pelas quebradas fora...
Flores do campo, humildes, mesmo agora,
A noite, os olhos brandos, lhes fechou...

Fumo beijando o colmo dos casais...
Serenidade idílica de fontes,
E a voz dos rouxinóis nos salgueirais...

Tranqüilidade... calma... anoitecer...
Num êxtase, eu escuto pelos montes
O coração das pedras a bater...

LEMBRANÇA

Fui Essa que nas ruas esmolou
E fui a que habitou Paços Reais;
No mármore de curvas ogivais
Fui Essa que as mãos pálidas poisou...

Tanto poeta em versos me cantou!
Fiei o linho à porta dos casais...
Fui descobrir a Índia e nunca mais
Voltei! Fui essa nau que não voltou...

Tenho o perfil moreno, lusitano,
E os olhos verdes, cor do verde Oceano,
Sereia que nasceu de navegantes...

Tudo em cinzentas brumas se dilui...
Ah, quem me dera ser *Essas* que eu fui,
As que me lembro de ter sido... dantes!...

A NOSSA CASA

A nossa casa, Amor, a nossa casa!
Onde está ela, Amor, que não a vejo?
Na minha doida fantasia em brasa
Constrói-a, num instante, o meu desejo!

Onde está ela, Amor, a nossa casa,
O bem que neste mundo mais invejo?
O brando ninho aonde o nosso beijo
Será mais puro e doce que uma asa?

Sonho... que eu e tu, dois pobrezinhos,
Andamos de mãos dadas, nos caminhos
Duma terra de rosas, num jardim,

Num país de ilusão que nunca vi...
E que eu moro – tão bom! – dentro de ti
E tu, ó meu Amor, dentro de mim...

MENDIGA

Na vida nada tenho e nada sou;
Eu ando a mendigar pelas estradas...
No silêncio das noites estreladas
Caminho, sem saber para onde vou!

Tinha o manto do sol... quem mo roubou?!
Quem pisou minhas rosas desfolhadas?!
Quem foi que sobre as ondas revoltadas
A minha taça de oiro espedaçou?!

Agora vou andando e mendigando,
Sem que um olhar dos mundos infinitos
Veja passar o verme, rastejando...

Ah, quem me dera ser como os chacais
Uivando os brados, rouquejando os gritos
Na solidão dos ermos matagais!...

SUPREMO ENLEIO

Quanta mulher no teu passado, quanta!
Tanta sombra em redor! Mas que me importa?
Se delas veio o sonho que conforta,
A sua vinda foi três vezes santa!

Erva do chão que a mão de Deus levanta,
Folhas murchas de rojo à tua porta...
Quando eu for uma pobre coisa morta,
Quanta mulher ainda! Quanta! Quanta!

Mas eu sou a manhã: apago estrelas!
Hás de ver-me, beijar-me em todas elas,
Mesmo na boca da que for mais linda!

E quando a derradeira, enfim, vier,
Nesse corpo vibrante de mulher
Será o meu que hás de encontrar ainda...

TOLEDO

Diluído numa taça de oiro a arder
Toledo é um rubi. E hoje é só nosso!
O sol a rir... Vivalma... Não esboço
Um gesto que me não sinta esvaecer...

As tuas mãos tacteiam-me a tremer...
Meu corpo de âmbar, harmonioso e moço
É como um jasmineiro em alvoroço
Ébrio de sol, de aroma, de prazer!

Cerro um pouco o olhar onde subsiste
Um romântico apelo vago e mudo,
– Um grande amor é sempre grave e triste.

Flameja ao longe o esmalte azul do Tejo...
Uma torre ergue ao céu um grito agudo...
Tua boca desfolha-me num beijo...

OUTONAL

Caem as folhas mortas sobre o lago;
Na penumbra outonal, não sei quem tece
As rendas do silêncio... Olha, anoitece!
– Brumas longínquas do País do Vago...

Veludos a ondear... Mistério mago...
Encantamento... A hora que não esquece,
A luz que a pouco e pouco desfalece,
Que lança em mim a bênção dum afago...

Outono dos crepúsculos doirados,
De púrpuras, damascos e brocados!
– Vestes a terra inteira de esplendor!

Outono das tardinhas silenciosas,
Das magníficas noites voluptuosas
Em que eu soluço a delirar de amor...

SER POETA

Ser Poeta é ser mais alto, é ser maior
Do que os homens! Morder como quem beija!
É ser mendigo e dar como quem seja
Rei do Reino de Aquém e de Além Dor!

É ter de mil desejos o esplendor
E não saber sequer que se deseja!
É ter cá dentro um astro que flameja,
É ter garras e asas de condor!

É ter fome, é ter sede de Infinito!
Por elmo, as manhãs de oiro e de cetim...
É condensar o mundo num só grito!

E é amar-te, assim, perdidamente...
É seres alma e sangue e vida em mim
E dizê-lo cantando a toda gente!

ALVORECER

A noite empalidece. Alvorecer...
Ouve-se mais o gargalhar da fonte...
Sobre a cidade muda, o horizonte
É uma orquídea estranha a florescer.

Há andorinhas prontas a dizer
A missa d'alva, mal o sol desponte.
Gritos de galos soam monte em monte
Numa intensa alegria de viver.

Passos ao longe... um vulto que se esvai...
Em cada sombra Colombina trai...
Anda o silêncio em volta a q'rer falar...

E o luar que desmaia, macerado,
Lembra, pálido, tonto, esfarrapado,
Um Pierrot, todo branco, a soluçar...

MOCIDADE

A mocidade esplêndida, vibrante,
Ardente, extraordinária, audaciosa,
Que vê num cardo a folha duma rosa,
Na gota de água o brilho dum diamante;

Essa que fez de mim Judeu Errante
Do espírito, a torrente caudalosa,
Dos vendavais irmã tempestuosa,
– Trago-a em mim vermelha, triunfante!

No meu sangue rubis correm dispersos:
– Chamas subindo ao alto nos meus versos,
Papoilas nos meus lábios a florir!

Ama-me doida, estonteadoramente,
Ó meu Amor! que o coração da gente
É tão pequeno... e a vida, água a fugir...

AMAR!

Eu quero amar, amar perdidamente!
Amar só por amar: Aqui... além...
Mais Este e Aquele, o Outro e toda a gente...
Amar! Amar! E não amar ninguém!

Recordar? Esquecer? Indiferente!...
Prender ou desprender? É mal? É bem?
Quem disser que se pode amar alguém
Durante a vida inteira é porque mente!

Há uma Primavera em cada vida:
É preciso cantá-la assim florida,
Pois se Deus nos deu voz, foi pra cantar!

E se um dia hei de ser pó, cinza e nada
Que seja a minha noite uma alvorada,
Que me saiba perder... pra me encontrar...

NOSTALGIA

Nesse País de lenda, que me encanta,
Ficaram meus brocados, que despi,
E as jóias que p'las aias reparti
Como outras rosas de Rainha Santa!

Tanta opala que eu tinha! Tanta, tanta!
Foi por lá que as semeei e que as perdi...
Mostrem-me esse País onde eu nasci!
Mostrem-me o Reino de que eu sou Infanta!

O meu País de sonho e de ansiedade,
Não sei se esta quimera que me assombra,
É feita de mentira ou de verdade!

Quero voltar! Não sei por onde vim...
Ah! Não ser mais que a sombra duma sombra
Por entre tanta sombra igual a mim!

AMBICIOSA

Para aqueles fantasmas que passaram,
Vagabundos a quem jurei amar,
Nunca os meus braços lânguidos traçaram
O vôo dum gesto para os alcançar...

Se as minhas mãos em garra se cravaram
Sobre um amor em sangue a palpitar...
– Quantas panteras bárbaras mataram
Só pelo raro gosto de matar!

Minha alma é como a pedra funerária
Erguida na montanha solitária
Interrogando a vibração dos céus!

O amor dum homem? – Terra tão pisada!
Gota de chuva ao vento baloiçada...
Um homem? – Quando eu sonho o amor dum
[deus!...

CRUCIFICADA

Amiga... noiva... irmã... o que quiseres!
Por ti, todos os céus terão estrelas,
Por teu amor, mendiga, hei-de merecê-las,
Ao beijar a esmola que me deres.

Podes amar até outras mulheres!
– Hei de compor, sonhar palavras belas,
Lindos versos de dor só para elas,
Para em lânguidas noites lhes dizeres!

Crucificada em mim, sobre os meus braços,
Hei de poisar a boca nos teus passos
Pra não serem pisados por ninguém.

E depois... Ah! depois de dores tamanhas,
Nascerás outra vez de outras entranhas,
Nascerás outra vez de uma outra Mãe!

ESPERA...

Não me digas adeus, ó sombra amiga,
Abranda mais o ritmo dos teus passos;
Sente o perfume da paixão antiga,
Dos nossos bons e cândidos abraços!

Sou a dona dos místicos cansaços,
A fantástica e estranha rapariga
Que um dia ficou presa nos teus braços...
Não vás ainda embora, ó sombra amiga!

Teu amor fez de mim um lago triste:
Quantas ondas a rir que não lhe ouviste,
Quanta canção de ondinas lá no fundo!

Espera... espera... ó minha sombra amada...
Vê que pra além de mim já não há nada
E nunca mais me encontras neste mundo!...

INTERROGAÇÃO

A Guido Batelli

Neste tormento inútil, neste empenho
De tornar em silêncio o que em mim canta,
Sobem-me roucos brados à garganta
Num clamor de loucura que contenho.

Ó alma de charneca sacrossanta,
Irmã da alma rútila que eu tenho,
Dize pra onde vou, donde é que venho
Nesta dor que me exalta e me alevanta!

Visões de mundos novos, de infinitos,
Cadências de soluços e de gritos,
Fogueira a esbrasear que me consome!

Dize que mão é esta que me arrasta?
Nódoa de sangue que palpita e alastra...
Dize de que é que eu tenho sede e fome?!

VOLÚPIA

No divino impudor da mocidade,
Nesse êxtase pagão que vence a sorte,
Num frêmito vibrante de ansiedade,
Dou-te o meu corpo prometido à morte!

A sombra entre a mentira e a verdade...
A nuvem que arrastou o vento norte...
– Meu corpo! Trago nele um vinho forte:
Meus beijos de volúpia e de maldade!

Trago dálias vermelhas no regaço...
São os dedos do sol quando te abraço,
Cravados no teu peito como lanças!

E do meu corpo os leves arabescos
Vão-te envolvendo em círculos dantescos
Felinamente, em voluptuosas danças...

FILTRO

Meu Amor, não é nada: – Sons marinhos
Numa concha vazia, choro errante...
Ah, olhos que não choram! Pobrezinhos...
Não há luz neste mundo que os levante!

Eu andarei por ti os maus caminhos
E as minhas mãos, abertas a diamante,
Hão de crucificar-se nos espinhos
Quando o meu peito for o teu mirante!

Para que corpos vis te não desejem,
Hei de dar-te o meu corpo, e a boca minha
Pra que bocas impuras te não beijem!

Como quem roça um lago que sonhou,
Minhas cansadas asas de andorinha
Hão-de prender-te todo num só vôo...

MAIS ALTO

Mais alto, sim! mais alto, mais além
Do sonho, onde morar a dor da vida,
Até sair de mim! Ser a Perdida,
A que se não encontra! Aquela a quem

O mundo não conhece por Alguém!
Ser orgulho, ser águia na subida,
Até chegar a ser, entontecida,
Aquela que sonhou o meu desdém!

Mais alto, sim! Mais alto! A Intangível!
Turris Ebúrnea erguida nos espaços,
A rutilante luz dum impossível!

Mais alto, sim! Mais alto! Onde couber
O mal da vida dentro dos meus braços,
Dos meus divinos braços de Mulher!

NERVOS D'OIRO

Meus nervos, guizos de oiro a tilintar
Cantam-me n'alma a estranha sinfonia
Da volúpia, da mágoa e da alegria,
Que me faz rir e que me faz chorar!

Em meu corpo fremente, sem cessar,
Agito os guizos de oiro da folia!
A Quimera, a Loucura, a Fantasia,
Num rubro turbilhão sinto-As passar!

O coração, numa imperial oferta,
Ergo-o ao alto! E, sobre a minha mão,
É uma rosa de púrpura, entreaberta!

E em mim, dentro de mim, vibram dispersos,
Meus nervos de oiro, esplêndidos, que são
Toda a Arte suprema dos meus versos!

A VOZ DA TÍLIA

Diz-me a tília a cantar: “Eu sou sincera,
Eu sou isto que vês: o sonho, a graça,
Deu ao meu corpo, o vento, quando passa,
Este ar escultural de bayadera...

E de manhã o sol é uma cratera,
Uma serpente de oiro que me enlaça...
Trago nas mãos as mãos da Primavera...
E é para mim que em noites de desgraça

Toca o vento Mozart, triste e solene,
E à minha alma vibrante, posta a nu,
Diz a chuva sonetos de Verlaine...”

E, ao ver-me triste, a tília murmurou:
“Já fui um dia poeta como tu...
Ainda hás de ser tília como eu sou...”

NÃO SER

Quem me dera voltar à inocência
Das coisas brutas, sãs, inanimadas,
Despir o vão orgulho, a incoerência:
– Mantos rotos de estátuas mutiladas!

Ah! arrancar às carnes laceradas
Seu mísero segredo de consciência!
Ah! poder ser apenas florescência
De astros em puras noites deslumbradas!

Ser nostálgico choupo ao entardecer,
De ramos graves, plácidos, absortos
Na mágica tarefa de viver!

Ser haste, seiva, ramaria inquieta,
Erguer ao sol o coração dos mortos
Na urna de oiro duma flor aberta!...

?

Quem fez ao sapo o leito carmesim
De rosas desfolhadas à noitinha?
E quem vestiu de monja a andorinha,
E perfumou as sombras do jardim?

Quem cinzelou estrelas no jasmim?
Quem deu esses cabelos de rainha
Ao girassol? Quem fez o mar? E a minha
Alma a sangrar? Quem me criou a mim?

Quem fez os homens e deu vida aos lobos?
Santa Teresa em místicos arroubos?
Os monstros? E os profetas? E o luar?

Quem nos deu asas para andar de rastros?
Quem nos deu olhos para ver os astros
– Sem nos dar braços para os alcançar?!...

IN MEMORIAM

Ao meu morto querido

Na cidade de Assis, "Il Poverello"
Santo, três vezes santo, andou pregando
Que o sol, a terra, a flor, o rocio brando,
Da pobreza o tristíssimo flagelo,

Tudo quanto há de vil, quanto há de belo,
Tudo era nosso irmão! – E assim sonhando,
Pelas estradas da Umbria foi forjando
Da cadeia do amor o maior elo!

"Olha o nosso irmão Sol, nossa irmã Água..."
Ah, Poverello! Em mim, essa lição
Perdeu-se como vela em mar de mágoa

Batida por furiosos vendavais!
– Eu fui na vida a irmã dum só Irmão,
E já não sou a irmã de ninguém mais!

ÁRVORES DO ALENTEJO

Ao Prof. Guido Battelli

Horas mortas... Curvada aos pés do Monte
A planície é um brasido... e, torturadas,
As árvores sangrentas, revoltadas,
Gritam a Deus a bênção duma fonte!

E quando, manhã alta, o sol posponte
A oiro a giesta, a arder, pelas estradas,
Esfíngicas, recortam desgrenhadas
Os trágicos perfis no horizonte!

Árvores! Corações, almas que choram,
Almas iguais à minha, almas que imploram
Em vão remédio para tanta mágoa!

Árvores! Não choreis! Olhai e vede:
– Também ando a gritar, morta de sede,
Pedindo a Deus a minha gota de água!

QUEM SABE?...

Ao Ângelo

Queria tanto saber por que sou Eu!
Quem me enjeitou neste caminho escuro?
Queria tanto saber por que seguro
Nas minhas mãos o bem que não é meu!

Quem me dirá se, lá no alto, o céu
Também é para o mau, para o perjuro?
Para onde vai a alma que morreu?
Queria encontrar Deus! Tanto o procuro!

A estrada de Damasco, o meu caminho,
O meu bordão de estrelas de ceguinho,
Água da fonte de que estou sedenta!

Quem sabe se este anseio de Eternidade,
A tropeçar na sombra, é a Verdade,
É já a mão de Deus que me acalenta?

A MINHA PIEDADE

A Bourbon e Meneses

Tenho pena de tudo quanto lida
Neste mundo, de tudo quanto sente,
Daquele a quem mentiram, de quem mente,
Dos que andam pés descalços pela vida,

Da rocha altiva, sobre o monte erguida,
Olhando os céus ignotos frente a frente,
Dos que não são iguais à outra gente,
E dos que se ensanguentam na subida!

Tenho pena de mim... pena de ti...
De não beijar o riso duma estrela...
Pena dessa má hora em que nasci...

De não ter asas para ir ver o céu...
De não ser Esta... a Outra... e mais Aquela...
De ter vivido e não ter sido Eu...

SOU EU!

À minha ilustre camarada Laura Chaves

Pelos campos em fora, pelos combros,
Pelos montes que embalam a manhã,
Largo os meus rubros sonhos de pagã,
Enquanto as aves poisam nos meus ombros...

Em vão me sepultaram entre escombros
De catedrais duma escultura vã!
Olha-me o loiro sol tonto de assombros,
E as nuvens, a chorar, chamam-me irmã!

Ecos longínquos de ondas... de universos..
Ecos dum Mundo... dum distante Além,
Donde eu trouxe a magia dos meus versos!

Sou eu! Sou eu! A que nas mãos ansiosas
Prendeu da vida, assim como ninguém,
Os maus espinhos sem tocar nas rosas!

PANTEÍSMO

Ao Botto de Carvalho

Tarde de brasa a arder, sol de verão
Cingindo, voluptuoso, o horizonte...
Sinto-me luz e cor, ritmo e clarão
Dum verso triunfal de Anacreonte!

Vejo-me asa no ar, erva no chão,
Oiço-me gota de água a rir, na fonte,
E a curva altiva e dura do Marão
É o meu corpo transformado em monte!

E de bruços na terra penso e cismo
Que, neste meu ardente panteísmo
Nos meus sentidos postos e absortos

Nas coisas luminosas deste mundo,
A minha alma é o túmulo profundo
Onde dormem, sorrindo, os deuses mortos!

MINHA TERRA

A. J. Emídio Amaro

Ó minha terra na planície rasa,
Branca de sol e cal e de luar,
Minha terra que nunca viu o mar
Onde tenho o meu pão e a minha casa...

Minha terra de tardes sem uma asa,
Sem um bater de folha... a dormitar...
Meu anel de rubis a flamejar,
Minha terra mourisca a arder em brasa!

Minha terra onde meu irmão nasceu...
Aonde a mãe que eu tive e que morreu,
Foi moça e loira, amou e foi amada...

Truz... truz... truz... Eu não tenho onde me
[acoite,
Sou um pobre de longe, é quase noite...
Terra, quero dormir... dá-me pousada!

A UMA RAPARIGA

À Nice

Abre os olhos e encara a vida! A sina
Tem que cumprir-se! Alarga os horizontes!
Por sobre lamaçais alteia pontes
Com tuas mãos preciosas de menina.

Nessa estrada da vida que fascina
Caminha sempre em frente, além dos montes!
Morde os frutos a rir! Bebe nas fontes!
Beija aqueles que a sorte te destina!

Trata por tu a mais longínqua estrela,
Escava com as mãos a própria cova
E depois, a sorrir, deita-te nela!

Que as mãos da terra façam, com amor,
Da graça do teu corpo, esguia e nova,
Surgir à luz a haste duma flor!...

MINHA CULPA

A Artur Ledesma

Sei lá! Sei lá! Eu sei lá bem
Quem sou?! Um fogo-fátuo, uma miragem...
Sou um reflexo... um canto de paisagem
Ou apenas cenário! Um vaivém...

Como a sorte: hoje aqui, depois além!
Sei lá quem sou?! Sei lá! Sou a roupagem
Dum doido que partiu numa romagem
E nunca mais voltou! Eu sei lá quem!...

Sou um verme que um dia quis ser astro...
Uma estátua truncada de alabastro...
Uma chaga sangrenta do Senhor...

Sei lá quem sou?! Sei lá! Cumprindo os fados,
Num mundo de vaidades e pecados,
Sou mais um mau, sou mais um pecador...

TEUS OLHOS

Olhos do meu Amor! Infantes loiros
Que trazem os meus presos, endoidados!
Neles deixei, um dia, os meus tesoiros:
Meus anéis, minhas rendas, meus brocados.

Neles ficaram meus palácios moiros,
Meus carros de combate, destroçados,
Os meus diamantes, todos os meus oiros
Que trouxe d'Além-Mundos ignorados!

Olhos do meu Amor! Fontes... cisternas..
Enigmáticas campas medievais...
Jardins de Espanha... catedrais eternas...

Berço vindo do céu à minha porta...
Ó meu leito de núpcias irreais!...
Meu sumptuoso túmulo de morta!...

He hum não querer mais que bem querer; (Camões)

I

Gosto de ti apaixonadamente,
De ti que és a vitória, a salvação,
De ti que me trouxeste pela mão
Até ao brilho desta chama quente.

A tua linda voz de água corrente
Ensinou-me a cantar... e essa canção
Foi ritmo nos meus versos de paixão,
Foi graça no meu peito de descrente.

Bordão a amparar minha cegueira,
Da noite negra o mágico farol,
Cravos rubros a arder numa fogueira!

E eu, que era neste mundo uma vencida,
Ergo a cabeça ao alto, encaro o sol!
– Águia real, apontas-me a subida!

He hum não querer mais que bem querer; (Camões)

II

Meu Amor, meu Amado, vê... repara:
Poisa os teus lindos olhos de oiro em mim,
– Dos meus beijos de amor Deus fez-me
[avara
Para nunca os contares até ao fim.

Meus olhos têm tons de pedra rara,
– É só para teu bem que os tenho assim –
E as minhas mãos são fontes de água clara
A cantar sobre a sede dum jardim.

Sou triste como a folha ao abandono
Num parque solitário, pelo Outono,
Sobre um lago onde vogam nenúfares...

Deus fez-me atravessar o teu caminho...
– Que contas dás a Deus indo sozinho,
Passando junto a mim, sem me encontrares? –

He hum não querer mais que bem querer; (Camões)

III

Frêmito do meu corpo a procurar-te,
Febre das minhas mãos na tua pele
Que cheira a âmbar, a baunilha e a mel,
Doido anseio dos meus braços a abraçar-te,

Olhos buscando os teus por toda a parte,
Sede de beijos, amargor de fel,
Estonteante fome, áspera e cruel,
Que nada existe que a mitigue e a farte!

E vejo-te tão longe! Sinto a tua alma
Junto da minha, uma lagoa calma,
A dizer-me, a cantar que me não amas...

E o meu coração que tu não sentes,
Vai boiando ao acaso das correntes,
Esquife negro sobre um mar de chamas...

He hum não querer mais que bem querer; (Camões)

IV

És tu! És tu! Sempre vieste, enfim!
Oiço de novo o riso dos teus passos!
És tu que eu vejo a estender-me os braços
Que Deus criou pra me abraçar a mim!

Tudo é divino e santo visto assim...
Foram-se os desalentos, os cansaços...
O mundo não é mundo: é um jardim!
Um céu aberto: longes, os espaços!

Prende-me toda, Amor, prende-me bem!
Que vês tu em redor? Não há ninguém!
A terra? – Um astro morto que flutua...

Tudo o que é chama a arder, tudo o que sente
Tudo o que é vida e vibra eternamente
É tu seres meu, Amor, e eu ser tua!

He hum não querer mais que bem querer; (Camões)

V

Dize-me, Amor, como te sou querida,
Conta-me a glória do teu sonho eleito,
Aninha-me a sorrir junto ao teu peito,
Arranca-me dos pântanos da vida.

Embriagada numa estranha lida,
Trago nas mãos o coração desfeito,
Mostra-me a luz, ensina-me o preceito
Que me salve e levante redimida!

Nesta negra cisterna em que me afundo,
Sem quimeras, sem crenças, sem ternura,
Agonia sem fé dum moribundo,

Grito o teu nome numa sede estranha,
Como se fosse, Amor, toda a frescura
Das cristalinas águas da montanha!

He hum não querer mais que bem querer; (Camões)

VI

Falo de ti às pedras das estradas,
E ao sol que é loiro como o teu olhar,
Falo ao rio, que desdobra a faiscar,
Vestidos de Princesas e de Fadas;

Falo às gaivotas de asas desdobradas,
Lembrando lenços brancos a acenar,
E aos mastros que apunhalam o luar
Na solidão das noites consteladas;

Digo os anseios, os sonhos, os desejos
Donde a tua alma, tonta de vitória
Levanta ao céu a torre dos meus beijos!

E os meus gritos de amor, cruzando o espaço,
Sobre os brocados fúlgidos da glória,
São astros que me tombam do regaço!

He hum não querer mais que bem querer; (Camões)

VII

São mortos os que nunca acreditaram
Que esta vida é somente uma passagem,
Um atalho sombrio, uma paisagem
Onde os nossos sentidos se poisaram.

São mortos os que nunca alevantaram
Dentre escombros a Torre de Menagem
Dos seus sonhos de orgulho e de coragem,
E os que não riram e os que não choraram.

Que Deus faça de mim, quando eu morrer,
Quando eu partir para o País da Luz,
A sombra calma dum entardecer,

Tombando, em doces pregas de mortalha,
Sobre o teu corpo heróico, posto em cruz,
Na solidão dum campo de batalha!

He hum não querer mais que bem querer; (Camões)

VIII

Abrir os olhos, procurar a luz,
De coração erguido ao alto, em chama,
Que tudo neste mundo se reduz
A ver os astros cintilar na lama!

Amar o sol da glória e a voz da fama
Que em clamorosos gritos se traduz!
Com misericórdia, amar quem nos não ama,
E deixar que nos preguem numa cruz!

Sobre um sonho desfeito erguer a torre
Doutro sonho mais alto e, se esse morre,
Mais outro e outro ainda, toda a vida!

Que importa que nos vençam desenganos,
Se pudermos contar os nossos anos
Assim como degraus duma subida?

He hum não querer mais que bem querer; (Camões)

IX

Perdi os meus fantásticos castelos
Como névoa distante que se esfuma...
Quis vencer, quis lutar, quis defendê-los:
Quebrei as minhas lanças uma a uma!

Perdi minhas galeras entre os gelos
Que se afundaram sobre um mar de bruma...
– Tantos escolhos! Quem podia vê-los? –
Deitei-me ao mar e não salvei nenhuma!

Perdi a minha taça, o meu anel,
A minha cota de aço, o meu corcel,
Perdi meu elmo de oiro e pedrarias...

Sobem-me aos lábios súplicas estranhas...
Sobre o meu coração pesam montanhas...
Olho assombrada as minhas mãos vazias...

He hum não querer mais que bem querer; (Camões)

X

Eu queria mais altas as estrelas,
Mais largo o espaço, o sol mais criador,
Mais refulgente a lua, o mar maior,
Mais cavadas as ondas e mais belas;

Mais amplas, mais rasgadas as janelas
Das almas, mais rosais a abrir em flor,
Mais montanhas, mais asas de condor,
Mais sangue sobre a cruz das caravelas!

E abrir os braços e viver a vida,
– Quanto mais funda e lúgubre a descida
Mais alta é a ladeira que não cansa!

E, acabada a tarefa... em paz, contente,
Um dia adormecer, serenamente,
Como dorme no berço uma criança!

RELIQUIAE

Título dado a este livro por Guido Battelli, que ficou depositário destes originais após a morte da poetisa. Foi publicado, como apêndice, nas 2ª e 3ª edições de *Charneca em flor.*

POBREZINHA

Nas nossas duas sinas tão contrárias
Um pelo outro somos ignorados:
Sou filha de regiões imaginárias,
Tu pisas mundos firmes já pisados.

Trago no olhar visões extraordinárias
De coisas que abracei de olhos fechados...
Em mim não trago nada, como os párias...
Só tenho os astros, como os deserdados...

E das tuas riquezas e de ti
Nada me deste e eu nada recebi,
Nem o beijo que passa e que consola.

E o meu corpo, minh'alma e coração
Tudo em risos poisei na tua mão!...
...Ah, como é bom um pobre dar esmola!...

ROSEIRA BRAVA

Há nos teus olhos de oiro um tal fulgor
E no teu riso tanta claridade,
Que o lembrar-me de ti é ter saudade
Duma roseira brava toda em flor.

Tuas mãos foram feitas para a dor,
Para os gestos de doçura e piedade;
E os teus beijos de sonho e de ansiedade
São como a alma a arder do próprio amor!

Nasci envolta em trajes de mendiga;
E, ao dares-me o teu amor de maravilha,
Deste-me o manto de oiro de rainha!

Tua irmã... teu amor... e tua amiga...
E também – toda em flor – a tua filha,
Minha roseira brava que é só minha!...

NAVIOS-FANTASMAS

O arabesco fantástico do fumo
Do meu cigarro traça o que disseste,
A azul, no ar; e o que me escreveste,
E tudo o que sonhaste e eu presumo.

Para a minha alma estática e sem rumo,
A lembrança de tudo o que me deste
Passa como o navio que perdeste,
No arabesco fantástico do fumo...

Lá vão! Lá vão! Sem velas e sem mastros,
Têm o brilho rutilante de astros,
Navios-fantasmas, perdem-se a distância!

Vão-me buscar, sem mastros e sem velas,
Noiva-menina, as doidas caravelas,
Ao ignoto País da minha infância...

O MEU SONETO

Em atitudes e em ritmos fleumáticos,
Erguendo as mãos em gestos recolhidos,
Todos os brocados fúlgidos, hieráticos,
Em ti andam bailando os meus sentidos...

E os meus olhos serenos, enigmáticos,
Meninos que na estrada andam perdidos,
Dolorosos, tristíssimos, extáticos,
São letras de poemas nunca lidos...

As magnólias abertas dos meus dedos
São mistérios, são filtros, são enredos
Que pecados d'amor trazem de rastos...

E a minha boca, a rútila manhã,
Na Via Láctea, lírica, pagã,
A rir desfolha as pétalas dos astros!...

NIHIL NOVUM

Na penumbra do pórtico encantado
De Bruges, noutras eras,já vivi;
Vi os templos do Egito com Loti;
Lancei flores, na Índia, ao rio sagrado.

No horizonte de bruma opalizado,
Frente ao Bósforo errei, pensando em ti!
O silêncio dos claustros conheci
Pelos poentes de nácar e brocado...

Mordi as rosas brancas de Ispahan
E o gosto a cinza em todas era igual!
Sempre a charneca bárbara e deserta,

Triste, a florir numa ansiedade vã!
Sempre da vida – o mesmo estranho mal,
E o coração – a mesma chaga aberta!

ÉVORA

Évora! Ruas ermas sob os céus
Cor de violetas roxas... Ruas frades
Pedindo em triste penitência a Deus
Que nos perdoe as míseras vaidades!

Tenho corrido em vão tantas cidades!
E só aqui recordo os beijos teus,
E só aqui eu sinto que são meus
Os sonhos que sonhei noutras idades!

Évora!... O teu olhar... o teu perfil...
Tua boca sinuosa, um mês de Abril
Que o coração no peito me alvoroça!

...Em cada viela o vulto dum fantasma...
E a minha alma soturna escuta e pasma...
E sente-se passar *menina-e-moça*...

À JANELA DE GARCIA DE REZENDE

Janela antiga sobre a rua plana...
Ilumina-a o luar com o seu clarão...
Dantes, a descansar de luta insana,
Fui, talvez, flor no poético balcão...

Dantes! Da minha glória altiva e ufana,
Talvez... Quem sabe?... Tonto de ilusão,
Meu rude coração de alentejana
Me palpitasse ao luar nesse balcão...

Mística dona, em outras Primaveras,
Em refulgentes horas de outras eras,
Vi passar o cortejo ao sol doirado...

Bandeiras! Pagens! O pendão real!
E na tua mão, vermelha, triunfal,
Minha divisa: um coração chagado!...

O MEU IMPOSSÍVEL

Minh'alma ardente é uma fogueira acesa,
É um brasido enorme a crepitar!
Ânsia de procurar sem encontrar
A chama onde queimar uma incerteza!

Tudo é vago e incompleto! E o que mais pesa
É nada ser perfeito! É deslumbrar
A noite tormentosa até cegar
E tudo ser em vão! Deus, que tristeza!...

Aos meus irmãos na dor já disse tudo
E não me compreenderam!... Vão e mudo
Foi tudo o que entendi e o que pressinto...

Mas se eu pudesse, a mágoa que em mim chora,
Contar, não a chorava como agora,
Irmãos, não a sentia como a sinto!...

EM VÃO

Passo triste na vida e triste sou
Um pobre a quem jamais quiseram bem!
Um caminhante exausto que passou,
Que não diz onde vai nem donde vem.

Ah! Sem piedade, a rir, tanto desdém
A flor da minha boca desdenhou!
Solitário convento onde ninguém
A silenciosa cela procurou!

E eu quero bem a tudo, a toda a gente!...
Ando a amar assim, perdidamente,
A acalentar o mundo nos meus braços!

E tem passado, em vão, a mocidade
Sem que no meu caminho uma saudade
Abra em flores a sombra dos meus passos!

VOZ QUE SE CALA

Amo as pedras, os astros e o luar
Que beija as ervas do atalho escuro,
Amo as águas de anil e o doce olhar
Dos animais, divinamente puro.

Amo a hera que entende a voz do muro,
E dos sapos, o brando tilintar
De cristais que se afagam devagar,
E da minha charneca o rosto duro.

Amo todos os sonhos que se calam
De corações que sentem e não falam,
Tudo o que é Infinito e pequenino!

Asa que nos protege a todos nós!
Soluço imenso, eterno, que é a voz
Do nosso grande e mísero Destino!...

PARA QUÊ?

Ao velho amigo João

Para que ser o musgo do rochedo
Ou urze atormentada da montanha?
Se a arranca a ansiedade e o medo
E este enleio e esta angústia estranha

E todo este feitiço e este enredo
Do nosso próprio peito? E é tamanha
E tão profunda a gente que o segredo
Da vida como um grande mar nos banha?

Pra que ser asa quando a gente voa
De que serve ser cântico se entoa
Toda a canção de amor do Universo?

Para que ser altura e ansiedade,
Se se pode gritar uma Verdade
Ao mundo vão nas sílabas dum verso?

SONHO VAGO

Um sonho alado que nasceu num instante,
Erguido ao alto em horas de demência...
Gotas de água que tombam em cadência
Na minh'alma tristíssima, distante...

Onde está ele o Desejado? O Infante?
O que há-de vir e amar-me em doida
[ardência?
O das horas de mágoa e penitência?
O Príncipe Encantado? O Eleito? O Amante?

E neste sonho eu já nem sei quem sou...
O brando marulhar dum longo beijo
Que não chegou a dar-se e que passou...

Um fogo-fátuo rútilo, talvez...
E eu ando a procurar-te e já te vejo!...
E tu já me encontraste e não me vês!...

PRIMAVERA

É Primavera agora, meu Amor!
O campo despe a veste de estamenha;
Não há árvore nenhuma que não tenha
O coração aberto, todo em flor!

Ah! Deixa-te vogar, calmo, ao sabor
Da vida... não há bem que nos não venha
Dum mal que o nosso orgulho em vão
[desdenha!
Não há bem que não possa ser melhor!

Também despi meu triste burel pardo,
E agora cheiro a rosmaninho e a nardo
E ando agora tonta, à tua espera...

Pus rosas cor-de-rosa em meus cabelos...
Parecem um rosal! Vem desprendê-los!
Meu Amor, meu Amor, é Primavera!...

BLASFÊMIA

Cala-te... Escuta... Não me digas nada...
Cai a noite nos longes donde vim...
Toda eu sou alma e amor! Sou um jardim!
Um pátio alucinante de Granada!

Dos meus cílios, a sombra enluarada,
Quando os teus olhos descem sobre mim,
Traça trêmulas hastes de jasmim
Na palidez da face extasiada!

Sou no teu rosto a luz que o alumia...
Sou a expressão das tuas mãos de raça...
E os beijos que me dás já foram meus...

Em ti sou glória, altura e poesia!
E vejo-me (Oh, milagre cheio de graça!)
Dentro de ti, em ti, igual a Deus!...

[sem título]

Passam no teu olhar nobres cortejos,
Frotas, pendões ao vento sobranceiros,
Lindos versos de antigos romanceiros,
Céus do Oriente, em brasa, como beijos,

Mares onde não cabem teus desejos;
Passam no teu olhar mundos inteiros,
Todo um povo de heróis e marinheiros,
Lanças nuas em rútilos lampejos;

Passam lendas e sonhos e milagres!
Passa a Índia, a visão do Infante em Sagres,
Em centelhas de crença e de certeza!

E ao sentir-te tão grande, ao ver-te assim,
Amor, julgo trazer dentro de mim
Um pedaço da terra portuguesa!

NOITE DE CHUVA

Chuva... Que gotas grossas! ... Vem ouvir:
Uma... duas... mais outra que desceu...
É Viviana, é Melusina a rir,
São rosas brancas dum rosal do céu...

Os lilases deixaram-se dormir...
Nem um frêmito... a terra emudeceu...
Amor! Vem ver estrelas a cair:
Uma... duas... mais outra que desceu...

Fala baixo, juntinho ao meu ouvido,
Que essa fala de amor seja um gemido,
Um murmúrio, um soluço, um ai desfeito...

Ah, deixa à noite o seu encanto triste!
E a mim... o teu amor que mal existe,
Chuva a cair na noite do meu peito!

TARDE DE MÚSICA

Só Schumann, meu Amor! Serenidade...
Não assustes os sonhos... Ah, não varras
As quimeras... Amor, senão esbarras
Na minha vaga imaterialidade...

Liszt, agora, o brilhante; o piano arde...
Beijos alados... ecos de fanfarras...
Pétalas dos teus dedos feitas garras...
Como cai em pó de oiro o ar da tarde!

Eu olhava pra ti... "É lindo! Ideal!"
Gemeram nossas vozes confundidas.
– Havia rosas cor-de-rosa aos molhos –

Falavas de Liszt e eu... da musical
Harmonia das pálpebras descidas,
Do ritmo dos teus cílios sobre os olhos...

CHOPIN

Não se acende hoje a luz... Todo o luar
Fique lá fora. Bem aparecidas
As estrelas miudinhas, dando no ar
As voltas dum cordão de margaridas!

Entram falenas meio entontecidas...
Lusco-fusco... Um morcego, a palpitar,
Passa... torna a passar... torna a passar...
As coisas têm o ar de adormecidas...

Mansinho... Roça os dedos p'lo teclado,
No vago arfar que tudo alteia e doira,
Alma, Sacrário de Almas, meu Amado!

E, enquanto o piano a doce queixa exala,
Divina e triste, a grande sombra loira,
Vem para mim da escuridão da sala...

O MEU DESEJO

Vejo-te só a ti no azul dos céus,
Olhando a nuvem de oiro que flutua...
Ó minha perfeição que criou Deus
E que num dia lindo me fez sua!

Nos altos que diviso pela rua,
Que cruzam os seus passos com os meus...
Minha boca tem fome só da tua!
Meus olhos têm sede só dos teus!

Sombra da tua sombra, doce e calma,
Sou a grande quimera da tua alma
E, sem viver, ando a viver contigo...

Deixa-me andar assim no teu caminho
Por toda a vida, Amor, devagarinho,
Até a morte me levar consigo...

ESCRAVA

Ó meu Deus, ó meu dono, ó meu senhor,
Eu te saúdo, olhar do meu olhar,
Fala da minha boca a palpitar,
Gesto das minhas mãos tontas de amor!

Que te seja propício o astro e a flor,
Que a teus pés se incline a terra e o mar,
P'los séculos dos séculos sem par,
Ó meu Deus, ó meu dono, ó meu senhor!

Eu, doce e humilde escrava, te saúdo,
E, de mãos postas, em sentida prece,
Canto teus olhos de oiro e de veludo.

Ah, esse verso imenso de ansiedade,
Esse verso de amor que te fizesse
Ser eterno por toda a Eternidade!...

DIVINO INSTANTE

Ser uma pobre morta inerte e fria,
Hierática, deitada sob a terra,
Sem saber se no mundo há paz ou guerra,
Sem ver nascer, sem ver morrer o dia,

Luz apagada ao alto e que alumia,
Boca fechada à fala que não erra,
Urna de bronze que a Verdade encerra,
Ah! ser Eu essa morta inerte e fria!

Ah, fixar o efêmero! Esse instante
Em que o teu beijo sôfrego de amante
Queima o meu corpo frágil de âmbar loiro;

Ah, fixar o momento em que, dolente,
Tuas pálpebras descem, lentamente,
Sobre a vertigem dos teus olhos de oiro!

SILÊNCIO!...

No fadário que é meu, neste penar,
Noite alta, noite escura, noite morta,
Sou o vento que geme e quer entrar,
Sou o vento que vai bater-te à porta...

Vivo longe de ti, mas que me importa?
Se eu já não vivo em mim! Ando a vaguear
Em roda à tua casa, a procurar
Beber-te a voz, apaixonada, absorta!

Estou junto de ti e não me vês...
Quantas vezes no livro que tu lês
Meu olhar se poisou e se perdeu!

Trago-te como um filho nos meus braços!
E na tua casa... Escuta!... Uns leves passos...
Silêncio, meu Amor!... Abre! Sou eu!...

O MAIOR BEM

Este querer-te bem sem me quereres,
Este sofrer por ti constantemente
Andar atrás de ti sem tu me veres
Faria piedade a toda a gente.

Mesmo a beijar-me a tua boca mente...
Quantos sangrentos beijos de mulheres
Poisa na minha a tua boca ardente,
E quanto engano nos seus vãos dizeres!...

Mas que me importa a mim que me não
[queiras.
Se esta pena, esta dor, estas canseiras,
Este mísero pungir, árduo e profundo

Do teu frio desamor, dos teus desdéns,
É, na vida, o mais alto dos meus bens?
É tudo quanto eu tenho neste mundo?

OS MEUS VERSOS

Rasga esses versos que eu te fiz, Amor!
Deita-os ao nada, ao pó, ao esquecimento,
Que a cinza os cubra, que os arraste o vento,
Que a tempestade os leve aonde for!

Rasga-os na mente, se os souberes de cor,
Que volte ao nada o nada dum momento.
Julguei-me grande pelo sentimento,
E pelo orgulho ainda sou maior!...

Tanto verso já disse o que eu sonhei!
Tantos penaram já o que eu penei!
Asas que passam, todo o mundo as sente...

Rasga os meus versos... Pobre endoidecida!
Como se um grande amor cá nesta vida
Não fosse o mesmo amor de toda a gente!...

AMOR QUE MORRE

O nosso amor morreu... Quem o diria!
Quem o pensara mesmo ao ver-me tonta,
Ceguinha de te ver, sem ver a conta
Do tempo que passava, que fugia!

Bem estava a sentir que ele morria...
E outro clarão, ao longe, já desponta!
Um engano que morre... e logo aponta
A luz doutra miragem fugidia...

Eu bem sei, meu Amor, que pra viver
São precisos amores, pra morrer
E são precisos sonhos pra partir.

Eu bem sei, meu Amor, que era preciso
Fazer do amor que parte o claro riso
Doutro amor impossível que há de vir!

[sem título]

....
....
....
....

E não sou de ninguém... Quem me quiser
Há de ser luz do sol em tardes quentes,
Nos olhos de água clara há de trazer
As fúlgidas pupilas das videntes!

Há de ser seiva no botão repleto
Voz no murmúrio do pequeno insecto,
Vento que enfuna as velas sobre os mastros!...

Há de ser Outro e Outro num momento!
Força viva, brutal, em movimento,
Astro arrastando catadupas de astros!

SOBRE A NEVE

Sobre mim, teu desdém, pesado jaz
Como um manto de neve... Quem dissera
Porque tombou em plena Primavera
Toda essa neve que o Inverno traz!

Coroavas-me inda há pouco de lilás
E de rosas silvestres... quando eu era
Aquela que o Destino prometera
Aos teus rútilos sonhos de rapaz!

Dos beijos que me deste não te importas,
Asas paradas de andorinhas mortas...
Folhas de Outono em correria louca...

Mas inda um dia, em mim, ébrio de cor,
Há de nascer um roseiral em flor
Ao sol de Primavera doutra boca!

VÃO ORGULHO

Neste mundo vaidoso o amor é nada,
É um orgulho a mais, outra vaidade,
A coroa de loiros desfolhada
Com que se espera a Imortalidade.

Ser Beatriz! Natércia! Irrealidade...
Mentira... Engano de alma desvairada...
Onde está desses braços a verdade,
Essa fogueira em cinzas apagada?...

Mentira! Não te quis... não me quiseste...
Eflúvios subtis dum bem celeste?
Gestos... palavras sem nenhum condão...

Mentira! Não fui tua... não! Somente...
Quis ser mais do que sou, mais do que gente,
No alto orgulho de o ter sido em vão!...

ÚLTIMO SONHO DE "SOROR SAUDADE"

Àquele que se perdera no caminho...

Soror Saudade abriu a sua cela...
E, num encanto que ninguém traduz,
Despiu o manto negro que era dela,
Seu vestido de noiva de Jesus.

E a noite escura, extasiada ao vê-la,
As brancas mãos no peito quase em cruz,
Teve um brilhar feérico de estrela
Que se esfolhasse em pétalas de luz!

Soror Saudade olhou... Que olhar profundo
Que sonha e espera?... Ah! como é feio o
[mundo.
E os homens vãos! – Então, devagarinho,

Soror Saudade entrou no seu convento...
E, até morrer, rezou, sem um lamento,
Por *Um* que se perdera no caminho!...

ESQUECIMENTO

Esse de quem eu era e que era meu,
Que foi um sonho e foi realidade,
Que me vestiu a alma de saudade,
Para sempre de mim desapar'ceu.

Tudo em redor então escureceu,
E foi longínqua toda a claridade!
Ceguei... tacteio sombras... Que ansiedade!
Apalpo cinzas porque tudo ardeu!

Descem em mim poentes de Novembro...
A sombra dos meus olhos, a escurecer...
Veste de roxo e negro os crisântemos...

E desse que era meu já me não lembro...
Ah, a doce agonia de esquecer
A lembrar doidamente o que esquecemos!...

LOUCURA

Tudo cai! Tudo tomba! Derrocada
Pavorosa! Não sei onde era dantes.
Meu solar, meus palácios meus mirantes!
Não sei de nada, Deus, não sei de nada!...

Passa em tropel febril a cavalgada
Das paixões e loucuras triunfantes!
Rasgam-se as sedas, quebram-se os diamantes!
Não tenho nada, Deus, não tenho nada!...

Pesadelos de insônia, ébrios de anseio!
Loucura a esboçar-se, a enegrecer
Cada vez mais as trevas do meu seio!

Ó pavoroso mal de ser sozinha!
Ó pavoroso e atroz mal de trazer
Tantas almas a rir dentro da minha!

DEIXAI ENTRAR A MORTE

Deixai entrar a Morte, a Iluminada,
A que vem para mim, pra me levar.
Abri todas as portas par em par
Com asas a bater em revoada.

Que sou eu neste mundo? A deserdada,
A que prendeu nas mãos todo o luar,
A vida inteira, o sonho, a terra, o mar
E que, ao abri-las, não encontrou nada!

Ó Mãe! Ó minha Mãe, pra que nasceste?
Entre agonias e em dores tamanhas
Pra que foi, dize lá, que me trouxeste

Dentro de ti? Pra que eu tivesse sido
Somente o fruto amargo das entranhas
Dum lírio que em má hora foi nascido!...

À MORTE

Morte, minha Senhora Dona Morte,
Tão bom que deve ser o teu abraço!
Lânguido e doce como um doce laço
E como uma raiz, sereno e forte.

Não há mal que não sare ou não conforte
Tua mão que nos guia passo a passo,
Em ti, dentro de ti, no teu regaço
Não há triste destino nem má sorte.

Dona Morte dos dedos de veludo,
Fecha-me os olhos que já viram tudo!
Prende-me as asas que voaram tanto!

Vim da Moirama, sou filha de rei,
Má fada me encantou e aqui fiquei
À tua espera,... quebra-me o encanto!

Índice dos poemas

POESIA DE FLORBELA ESPANCA
VOLUME 1

Trocando olhares
O livro d'ele
Livro de mágoas

Coleção **L&PM** POCKET

'atálogo geral da Coleção
'oesias – Fernando Pessoa
 livro dos sonetos – org. Sergio Faraco
Iamlet – Shakespeare / trad. Millôr
sadora, frag. autobiográficos – Isadora Duncan
Iistórias sicilianas – G. Lampedusa
 relato de Arthur Gordon Pym – Edgar A. Poe
 mulher mais linda da cidade – Bukowski
 fim de Montezuma – Hernan Cortez
A ninfomania – D. T. Bienville
As aventuras de Robinson Crusoé – D. Defoe
Histórias de amor – A. Bioy Casares
Armadilha mortal – Roberto Arlt
Contos de fantasmas – Daniel Defoe
Os pintores cubistas – G. Apollinaire
A morte de Ivan Ilitch – L.Tolstói
A desobediência civil – D. H. Thoreau
Liberdade, liberdade – F. Rangel e M. Fernandes
Cem sonetos de amor – Pablo Neruda
Mulheres – Eduardo Galeano
Cartas a Théo – Van Gogh
Don Juan – Molière / Trad. Millôr Fernandes
Horla – Guy de Maupassant
) caso de Charles Dexter Ward – Lovecraft
Vathek – William Beckford
Hai-Kais – Millôr Fernandes
Adeus, minha adorada – Raymond Chandler
Cartas portuguesas – Mariana Alcoforado
A mensageira das violetas – Florbela Espanca
Espumas flutuantes – Castro Alves
Dom Casmurro – Machado de Assis
Alves & Cia. – Eça de Queiroz
Jma temporada no inferno – A. Rimbaud
 corresp. de Fradique Mendes – Eça de Queiroz
Antologia poética – Olavo Bilac
) rei Lear – Shakespeare
Memórias póstumas de Brás Cubas – M. de Assis
Que loucura! – Woody Allen
) duelo – Casanova
Gentidades – Darcy Ribeiro
Mem. de um Sarg. de Milícias – M. A. de Almeida
Os escravos – Castro Alves
) desejo pego pelo rabo – Pablo Picasso
Os inimigos – Máximo Gorki
) colar de veludo – Alexandre Dumas
Livro dos bichos – Vários
Quincas Borba – Machado de Assis
) exército de um homem só – Moacyr Scliar
'rankenstein – Mary Shelley
Dom Segundo Sombra – Ricardo Güiraldes
De vagões e vagabundos – Jack London
) homem bicentenário – Isaac Asimov
 viuvinha – José de Alencar
Livro das cortesãs – org. de Sergio Faraco
Últimos poemas – Pablo Neruda
 moreninha – Joaquim Manuel de Macedo
'inco minutos – José de Alencar
aber envelhecer e a amizade – Cícero
64.**Enquanto a noite não chega** – J. Guimarães
65.**Tufão** – Joseph Conrad
66.**Aurélia** – Gérard de Nerval
67.**I-Juca-Pirama** – Gonçalves Dias
68.**Fábulas** – Esopo
69.**Teresa Filósofa** – Anônimo do Séc. XVIII
70.**Avent. inéditas de Sherlock Holmes** – A. C. Doyle
71.**Quintana de bolso** – Mario Quintana
72.**Antes e depois** – Paul Gauguin
73.**A morte de Olivier Bécaille** – Émile Zola
74.**Iracema** – José de Alencar
75.**Iaiá Garcia** – Machado de Assis
76.**Utopia** – Tomás Morus
77.**Sonetos para amar o amor** – Camões
78.**Carmem** – Prosper Mérimée
79.**Senhora** – José de Alencar
80.**Hagar, o horrível 1** – Dik Browne
81.**O coração das trevas** – Joseph Conrad
82.**Um estudo em vermelho** – Arthur Conan Doyle
83.**Todos os sonetos** – Augusto dos Anjos
84.**A propriedade é um roubo** – P.-J. Proudhon
85.**Drácula** – Bram Stoker
86.**O marido complacente** – Sade
87.**De profundis** – Oscar Wilde
88.**Sem plumas** – Woody Allen
89.**Os bruzundangas** – Lima Barreto
90.**O cão dos Baskervilles** – Arthur Conan Doyle
91.**Paraísos artificiais** – Charles Baudelaire
92.**Cândido, ou o otimismo** – Voltaire
93.**Triste fim de Policarpo Quaresma** – Lima Barreto
94.**Amor de perdição** – Camilo Castelo Branco
95.**A megera domada** – Shakespeare / trad. Millôr
96.**O mulato** – Aluísio Azevedo
97.**O alienista** – Machado de Assis
98.**O livro dos sonhos** – Jack Kerouac
99.**Noite na taverna** – Álvares de Azevedo
100.**Aura** – Carlos Fuentes
102.**Contos gauchescos e Lendas do sul** – Simões Lopes Neto
103.**O cortiço** – Aluísio Azevedo
104.**Marília de Dirceu** – T. A. Gonzaga
105.**O Primo Basílio** – Eça de Queiroz
106.**O ateneu** – Raul Pompéia
107.**Um escândalo na Boêmia** – Arthur Conan Doyle
108.**Contos** – Machado de Assis
109.**200 Sonetos** – Luis Vaz de Camões
110.**O príncipe** – Maquiavel
111.**A escrava Isaura** – Bernardo Guimarães
112.**O solteirão nobre** – Conan Doyle
114.**Shakespeare de A a Z** – Shakespeare
115.**A relíquia** – Eça de Queiroz
117.**Livro do corpo** – Vários
118.**Lira dos 20 anos** – Álvares de Azevedo
119.**Esaú e Jacó** – Machado de Assis
120.**A barcarola** – Pablo Neruda
121.**Os conquistadores** – Júlio Verne
122.**Contos breves** – G. Apollinaire
123.**Taipi** – Herman Melville

124.**Livro dos desaforos** – org. de Sergio Faraco
125.**A mão e a luva** – Machado de Assis
126.**Doutor Miragem** – Moacyr Scliar
127.**O penitente** – Isaac B. Singer
128.**Diários da descoberta da América** – C.Colombo
129.**Édipo Rei** – Sófocles
130.**Romeu e Julieta** – Shakespeare
131.**Hollywood** – Charles Bukowski
132.**Billy the Kid** – Pat Garrett
133.**Cuca fundida** – Woody Allen
134.**O jogador** – Dostoiévski
135.**O livro da selva** – Rudyard Kipling
136.**O vale do terror** – Arthur Conan Doyle
137.**Dançar tango em Porto Alegre** – S. Faraco
138.**O gaúcho** – Carlos Reverbel
139.**A volta ao mundo em oitenta dias** – J. Verne
140.**O livro dos esnobes** – W. M. Thackeray
141.**Amor & morte em Poodle Springs** – Raymond Chandler & R. Parker
142.**As aventuras de David Balfour** – Stevenson
143.**Alice no país das maravilhas** – Lewis Carroll
144.**A ressurreição** – Machado de Assis
145.**Inimigos, uma história de amor** – I. Singer
146.**O Guarani** – José de Alencar
147.**A cidade e as serras** – Eça de Queiroz
148.**Eu e outras poesias** – Augusto dos Anjos
149.**A mulher de trinta anos** – Balzac
150.**Pomba enamorada** – Lygia F. Telles
151.**Contos fluminenses** – Machado de Assis
152.**Antes de Adão** – Jack London
153.**Intervalo amoroso** – A.Romano de Sant'Anna
154.**Memorial de Aires** – Machado de Assis
155.**Naufrágios e comentários** – Cabeza de Vaca
156.**Ubirajara** – José de Alencar
157.**Textos anarquistas** – Bakunin
159.**Amor de salvação** – Camilo Castelo Branco
160.**O gaúcho** – José de Alencar
161.**O livro das maravilhas** – Marco Polo
162.**Inocência** – Visconde de Taunay
163.**Helena** – Machado de Assis
164.**Uma estação de amor** – Horácio Quiroga
165.**Poesia reunida** – Martha Medeiros
166.**Memórias de Sherlock Holmes** – Conan Doyle
167.**A vida de Mozart** – Stendhal
168.**O primeiro terço** – Neal Cassady
169.**O mandarim** – Eça de Queiroz
170.**Um espinho de marfim** – Marina Colasanti
171.**A ilustre Casa de Ramires** – Eça de Queiroz
172.**Lucíola** – José de Alencar
173.**Antígona** – Sófocles – trad. Donaldo Schüler
174.**Otelo** – William Shakespeare
175.**Antologia** – Gregório de Matos
176.**A liberdade de imprensa** – Karl Marx
177.**Casa de pensão** – Aluísio Azevedo
178.**São Manuel Bueno, Mártir** – Unamuno
179.**Primaveras** – Casimiro de Abreu
180.**O noviço** – Martins Pena
181.**O sertanejo** – José de Alencar
182.**Eurico, o presbítero** – Alexandre Herculano
183.**O signo dos quatro** – Conan Doyle
184.**Sete anos no Tibet** – Heinrich Harrer
185.**Vagamundo** – Eduardo Galeano
186.**De repente acidentes** – Carl Solomon
187.**As minas de Salomão** – Rider Haggar
188.**Uivo** – Allen Ginsberg
189.**A ciclista solitária** – Conan Doyle
190.**Os seis bustos de Napoleão** – Conan Do
191.**Cortejo do divino** – Nelida Piñon
194.**Os crimes do amor** – Marquês de Sade
195.**Besame Mucho** – Mário Prata
196.**Tuareg** – Alberto Vázquez-Figueroa
197.**O longo adeus** – Raymond Chandler
199.**Notas de um velho safado** – C. Bukowski
200.**111 ais** – Dalton Trevisan
201.**O nariz** – Nicolai Gogol
202.**O capote** – Nicolai Gogol
203.**Macbeth** – William Shakespeare
204.**Heráclito** – Donaldo Schüler
205.**Você deve desistir, Osvaldo** – Cyro Mart
206.**Memórias de Garibaldi** – A. Dumas
207.**A arte da guerra** – Sun Tzu
208.**Fragmentos** – Caio Fernando Abreu
209.**Festa no castelo** – Moacyr Scliar
210.**O grande deflorador** – Dalton Trevisan
212.**Homem do princípio ao fim** – Millôr Fernar
213.**Aline e seus dois namorados** – A. Iturrusg
214.**A juba do leão** – Sir Arthur Conan Doyl
215.**Assassino metido a esperto** – R. Chandl
216.**Confissões de um comedor de ópio** – T.De Quir
217.**Os sofrimentos do jovem Werther** – Go
218.**Fedra** – Racine / Trad. Millôr Fernandes
219.**O vampiro de Sussex** – Conan Doyle
220.**Sonho de uma noite de verão** – Shakespea
221.**Dias e noites de amor e de guerra** – Gale
222.**O Profeta** – Khalil Gibran
223.**Flávia, cabeça, tronco e membros** – M. Ferna
224.**Guia da ópera** – Jeanne Suhamy
225.**Macário** – Álvares de Azevedo
226.**Etiqueta na prática** – Celia Ribeiro
227.**Manifesto do partido comunista** – Marx & En
228.**Poemas** – Millôr Fernandes
229.**Um inimigo do povo** – Henrik Ibsen
230.**O paraíso destruído** – Frei B. de las Cas
231.**O gato no escuro** – Josué Guimarães
232.**O mágico de Oz** – L. Frank Baum
233.**Armas no Cyrano's** – Raymond Chandl
234.**Max e os felinos** – Moacyr Scliar
235.**Nos céus de Paris** – Alcy Cheuiche
236.**Os bandoleiros** – Schiller
237.**A primeira coisa que eu botei na bo** Deonísio da Silva
238.**As aventuras de Simbad, o marújo**
239.**O retrato de Dorian Gray** – Oscar Wi
240.**A carteira de meu tio** – J. Manuel de Ma
241.**A luneta mágica** – J. Manuel de Maced
242.**A metamorfose** – Kafka
243.**A flecha de ouro** – Joseph Conrad
244.**A ilha do tesouro** – R. L. Stevenson
245.**Marx - Vida & Obra** – José A. Giannot
246.**Gênesis**
247.**Unidos para sempre** – Ruth Rendell
248.**A arte de amar** – Ovídio

249.**O sono eterno** – Raymond Chandler
250.**Novas receitas do Anonymus Gourmet** – J.A.P.M.
251.**A nova catacumba** – Arthur Conan Doyle
252.**Dr. Negro** – Arthur Conan Doyle
253.**Os voluntários** – Moacyr Scliar
254.**A bela adormecida** – Irmãos Grimm
255.**O príncipe sapo** – Irmãos Grimm
256.**Confissões** *e* **Memórias** – H. Heine
257.**Viva o Alegrete** – Sergio Faraco
258.**Vou estar esperando** – R. Chandler
259.**A senhora Beate e seu filho** – Schnitzler
260.**O ovo apunhalado** – Caio Fernando Abreu
261.**O ciclo das águas** – Moacyr Scliar
262.**Millôr Definitivo** – Millôr Fernandes
264.**Viagem ao centro da Terra** – Júlio Verne
265.**A dama do lago** – Raymond Chandler
266.**Caninos brancos** – Jack London
267.**O médico e o monstro** – R. L. Stevenson
268.**A tempestade** – William Shakespeare
269.**Assassinatos na rua Morgue** – E. Allan Poe
270.**99 corruíras nanicas** – Dalton Trevisan
271.**Broquéis** – Cruz e Sousa
272.**Mês de cães danados** – Moacyr Scliar
273.**Anarquistas – vol. 1 – A idéia** – G. Woodcock
274.**Anarquistas – vol. 2 – O movimento** – G. Woodcock
275.**Pai e filho, filho e pai** – Moacyr Scliar
276.**As aventuras de Tom Sawyer** – Mark Twain
277.**Muito barulho por nada** – W. Shakespeare
278.**Elogio da loucura** – Erasmo
279.**Autobiografia de Alice B. Toklas** – G. Stein
280.**O chamado da floresta** – J. London
281.**Uma agulha para o diabo** – Ruth Rendell
282.**Verdes vales do fim do mundo** – A. Bivar
283.**Ovelhas negras** – Caio Fernando Abreu
284.**O fantasma de Canterville** – O. Wilde
285.**Receitas de Yayá Ribeiro** – Celia Ribeiro
286.**A galinha degolada** – H. Quiroga
287.**O último adeus de Sherlock Holmes** – A. Conan Doyle
288.**A. Gourmet** *em* **Histórias de cama & mesa** – J. A. Pinheiro Machado
289.**Topless** – Martha Medeiros
290.**Mais receitas do Anonymus Gourmet** – J. A. Pinheiro Machado
291.**Origens do discurso democrático** – D. Schüler
292.**Humor politicamente incorreto** – Nani
293.**O teatro do bem e do mal** – E. Galeano
294.**Garibaldi & Manoela** – J. Guimarães
295.**10 dias que abalaram o mundo** – John Reed
296.**Numa fria** – Charles Bukowski
297.**Poesia de Florbela Espanca** vol. 1
298.**Poesia de Florbela Espanca** vol. 2
299.**Escreva certo** – E. Oliveira e M. E. Bernd
300.**O vermelho e o negro** – Stendhal
301.**Ecce homo** – Friedrich Nietzsche
302(7).**Comer bem, sem culpa** – Dr. Fernando Lucchese, A. Gourmet e Iotti
303.**O livro de Cesário Verde** – Cesário Verde
305.**100 receitas de macarrão** – S. Lancellotti
306.**160 receitas de molhos** – S. Lancellotti
307.**100 receitas light** – H. e Â. Tonetto
308.**100 receitas de sobremesas** – Celia Ribeiro
309.**Mais de 100 dicas de churrasco** – Leon Diziekaniak
310.**100 receitas de acompanhamentos** – C. Cabeda
311.**Honra ou vendetta** – S. Lancellotti
312.**A alma do homem sob o socialismo** – Oscar Wilde
313.**Tudo sobre Yôga** – Mestre De Rose
314.**Os varões assinalados** – Tabajara Ruas
315.**Édipo em Colono** – Sófocles
316.**Lisístrata** – Aristófanes / trad. Millôr
317.**Sonhos de Bunker Hill** – John Fante
318.**Os deuses de Raquel** – Moacyr Scliar
319.**O colosso de Marússia** – Henry Miller
320.**As eruditas** – Molière / trad. Millôr
321.**Radicci 1** – Iotti
322.**Os Sete contra Tebas** – Ésquilo
323.**Brasil Terra à vista** – Eduardo Bueno
324.**Radicci 2** – Iotti
325.**Júlio César** – William Shakespeare
326.**A carta de Pero Vaz de Caminha**
327.**Cozinha Clássica** – Sílvio Lancellotti
328.**Madame Bovary** – Gustave Flaubert
329.**Dicionário do viajante insólito** – M. Scliar
330.**O capitão saiu para o almoço...** – Bukowski
331.**A carta roubada** – Edgar Allan Poe
332.**É tarde para saber** – Josué Guimarães
333.**O livro de bolso da Astrologia** – Maggy Harrisonx e Mellina Li
334.**1933 foi um ano ruim** – John Fante
335.**100 receitas de arroz** – Aninha Comas
336.**Guia prático do Português correto – vol. 1** – Cláudio Moreno
337.**Bartleby, o escriturário** – H. Melville
338.**Enterrem meu coração na curva do rio** – Dee Brown
339.**Um conto de Natal** – Charles Dickens
340.**Cozinha sem segredos** – J. A. P. Machado
341.**A dama das Camélias** – A. Dumas Filho
342.**Alimentação saudável** – H. e Â. Tonetto
343.**Continhos galantes** – Dalton Trevisan
344.**A Divina Comédia** – Dante Alighieri
345.**A Dupla Sertanojo** – Santiago
346.**Cavalos do amanhecer** – Mario Arregui
347.**Biografia de Vincent van Gogh por sua cunhada** – Jo van Gogh-Bonger
348.**Radicci 3** – Iotti
349.**Nada de novo no front** – E. M. Remarque
350.**A hora dos assassinos** – Henry Miller
351.**Flush - Memórias de um cão** – Virginia Woolf
352.**A guerra no Bom Fim** – M. Scliar
353(1).**O caso Saint-Fiacre** – Simenon
354(2).**Morte na alta sociedade** – Simenon
355(3).**O cão amarelo** – Simenon
356(4).**Maigret e o homem do banco** – Simenon
357.**As uvas e o vento** – Pablo Neruda
358.**On the road** – Jack Kerouac
359.**O coração amarelo** – Pablo Neruda
360.**Livro das perguntas** – Pablo Neruda
361.**Noite de Reis** – William Shakespeare
362.**Manual de Ecologia** – vol.1 – J. Lutzenberger
363.**O mais longo dos dias** – Cornelius Ryan

364.**Foi bom prá você?** – Nani
365.**Crepusculário** – Pablo Neruda
366.**A comédia dos erros** – Shakespeare
367(5).**A primeira investigação de Maigret** – Simenon
368(6).**As férias de Maigret** – Simenon
369.**Mate-me por favor (vol.1)** – L. McNeil
370.**Mate-me por favor (vol.2)** – L. McNeil
371.**Carta ao pai** – Kafka
372.**Os vagabundos iluminados** – J. Kerouac
373(7).**O enforcado** – Simenon
374(8).**A fúria de Maigret** – Simenon
375.**Vargas, uma biografia política** – H. Silva
376.**Poesia reunida (vol.1)** – A. R. de Sant'Anna
377.**Poesia reunida (vol.2)** – A. R. de Sant'Anna
378.**Alice no país do espelho** – Lewis Carroll
379.**Residência na Terra 1** – Pablo Neruda
380.**Residência na Terra 2** – Pablo Neruda
381.**Terceira Residência** – Pablo Neruda
382.**O delírio amoroso** – Bocage
383.**Futebol ao sol e à sombra** – E. Galeano
384(9).**O porto das brumas** – Simenon
385(10).**Maigret e seu morto** – Simenon
386.**Radicci 4** – Iotti
387.**Boas maneiras & sucesso nos negócios** – Celia Ribeiro
388.**Uma história Farroupilha** – M. Scliar
389.**Na mesa ninguém envelhece** – J. A. P. Machado
390.**200 receitas inéditas do Anonymus Gourmet** – J. A. Pinheiro Machado
391.**Guia prático do Português correto – vol.2** – Cláudio Moreno
392.**Breviário das terras do Brasil** – Assis Brasil
393.**Cantos Cerimoniais** – Pablo Neruda
394.**Jardim de Inverno** – Pablo Neruda
395.**Antonio e Cleópatra** – William Shakespeare
396.**Tróia** – Cláudio Moreno
397.**Meu tio matou um cara** – Jorge Furtado
398.**O anatomista** – Federico Andahazi
399.**As viagens de Gulliver** – Jonathan Swift
400.**Dom Quixote – v.1** – Miguel de Cervantes
401.**Dom Quixote – v.2** – Miguel de Cervantes
402.**Sozinho no Pólo Norte** – Thomaz Brandolin
403.**Matadouro 5** – Kurt Vonnegut
404.**Delta de Vênus** – Anaïs Nin
405.**O melhor de Hagar 2** – Dik Browne
406.**É grave Doutor?** – Nani
407.**Orai pornô** – Nani
408(11).**Maigret em Nova York** – Simenon
409(12).**O assassino sem rosto** – Simenon
410(13).**O mistério das jóias roubadas** – Simenon
411.**A irmãzinha** – Raymond Chandler
412.**Três contos** – Gustave Flaubert
413.**De ratos e homens** – John Steinbeck
414.**Lazarilho de Tormes** – Anônimo do séc. XVI
415.**Triângulo das águas** – Caio Fernando Abreu
416.**100 receitas de carnes** – Sílvio Lancellotti
417.**Histórias de robôs: vol.1** – org. Isaac Asimov
418.**Histórias de robôs: vol.2** – org. Isaac Asimov
419.**Histórias de robôs: vol.3** – org. Isaac Asimov
420.**O país dos centauros** – Tabajara Ruas
421.**A república de Anita** – Tabajara Ruas
422.**A carga dos lanceiros** – Tabajara Ruas
423.**Um amigo de Kafka** – Isaac Singer
424.**As alegres matronas de Windsor** – Shakespear
425.**Amor e exílio** – Isaac Bashevis Singer
426.**Use & abuse do seu signo** – Marília Fiorillo Marylou Simonsen
427.**Pigmaleão** – Bernard Shaw
428.**As fenícias** – Eurípides
429.**Everest** – Thomaz Brandolin
430.**A arte de furtar** – Anônimo do séc. XVI
431.**Billy Bud** – Herman Melville
432.**A rosa separada** – Pablo Neruda
433.**Elegia** – Pablo Neruda
434.**A garota de Cassidy** – David Goodis
435.**Como fazer a guerra: máximas de Napoleã** – Balzac
436.**Poemas escolhidos** – Emily Dickinson
437.**Gracias por el fuego** – Mario Benedetti
438.**O sofá** – Crébillon Fils
439.**O "Martín Fierro"** – Jorge Luis Borges
440.**Trabalhos de amor perdidos** – W. Shakespear
441.**O melhor de Hagar 3** – Dik Browne
442.**Os Maias (volume1)** – Eça de Queiroz
443.**Os Maias (volume2)** – Eça de Queiroz
444.**Anti-Justine** – Restif de La Bretonne
445.**Juventude** – Joseph Conrad
446.**Contos** – Eça de Queiroz
447.**Janela para a morte** – Raymond Chandler
448.**Um amor de Swann** – Marcel Proust
449.**À paz perpétua** – Immanuel Kant
450.**A conquista do México** – Hernan Cortez
451.**Defeitos escolhidos e 2000** – Pablo Neruda
452.**O casamento do céu e do inferno** – William Blak
453.**A primeira viagem ao redor do mundo** – Antonio Pigafetta
454(14).**Uma sombra na janela** – Simenon
455(15).**A noite da encruzilhada** – Simenon
456(16).**A velha senhora** – Simenon
457.**Sartre** – Annie Cohen-Solal
458.**Discurso do método** – René Descartes
459.**Garfield em grande forma (1)** – Jim Davis
460.**Garfield está de dieta** (2) – Jim Davis
461.**O livro das feras** – Patricia Highsmith
462.**Viajante solitário** – Jack Kerouac
463.**Auto da barca do inferno** – Gil Vicente
464.**O livro vermelho dos pensamentos de Millô** – Millôr Fernandes
465.**O livro dos abraços** – Eduardo Galeano
466.**Voltaremos!** – José Antonio Pinheiro Machad
467.**Rango** – Edgar Vasques
468(8).**Dieta mediterrânea** – Dr. Fernando Lucches e José Antonio Pinheiro Machado
469.**Radicci 5** – Iotti
470.**Pequenos pássaros** – Anaïs Nin
471.**Guia prático do Português correto – vol.3** – Cláudio Moreno
472.**Atire no pianista** – David Goodis
473.**Antologia Poética** – García Lorca
474.**Alexandre e César** – Plutarco
475.**Uma espiã na casa do amor** – Anaïs Nin
476.**A gorda do Tiki Bar** – Dalton Trevisan
477.**Garfield um gato de peso (3)** – Jim Davis
478.**Canibais** – David Coimbra

79.**A arte de escrever** – Arthur Schopenhauer
80.**Pinóquio** – Carlo Collodi
81.**Misto-quente** – Charles Bukowski
82.**A lua na sarjeta** – David Goodis
83.**O melhor do Recruta Zero (1)** – Mort Walker
84.**Aline 2** – Adão Iturrusgarai
85.**Sermões do Padre Antonio Vieira**
86.**Garfield numa boa (4)** – Jim Davis
87.**Mensagem** – Fernando Pessoa
88.**Vendeta** ***seguido de*** **A paz conjugal** – Balzac
89.**Poemas de Alberto Caeiro** – Fernando Pessoa
90.**Ferragus** – Honoré de Balzac
91.**A duquesa de Langeais** – Honoré de Balzac
92.**A menina dos olhos de ouro** – Honoré de Balzac
93.**O lírio do vale** – Honoré de Balzac
94(17).**A barcaça da morte** – Simenon
95(18).**As testemunhas rebeldes** – Simenon
96(19).**Um engano de Maigret** – Simenon
97(1).**A noite das bruxas** – Agatha Christie
98(2).**Um passe de mágica** – Agatha Christie
99(3).**Nêmesis** – Agatha Christie
00.**Esboço para uma teoria das emoções** – Sartre
01.**Renda básica de cidadania** – Eduardo Suplicy
02(1).**Pílulas para viver melhor** – Dr. Lucchese
03(2).**Pílulas para prolongar a juventude** – Dr. Lucchese
04(3).**Desembarcando o Diabetes** – Dr. Lucchese
05(4).**Desembarcando o Sedentarismo** – Dr. Fernando Lucchese e Cláudio Castro
06(5).**Desembarcando a Hipertensão** – Dr. Lucchese
07(6).**Desembarcando o Colesterol** – Dr. Fernando Lucchese e Fernanda Lucchese
08.**Estudos de mulher** – Balzac
09.**O terceiro tira** – Flann O'Brien
10.**100 receitas de aves e ovos** – J. A. P. Machado
11.**Garfield em toneladas de diversão** (5) – Jim Davis
12.**Trem-bala** – Martha Medeiros
13.**Os cães ladram** – Truman Capote
14.**O Kama Sutra de Vatsyayana**
15.**O crime do Padre Amaro** – Eça de Queiroz
16.**Odes de Ricardo Reis** – Fernando Pessoa
17.**O inverno da nossa desesperança** – Steinbeck
18.**Piratas do Tietê (1)** – Laerte
19.**Rê Bordosa: do começo ao fim** – Angeli
20.**O Harlem é escuro** – Chester Himes
21.**Café-da-manhã dos campeões** – Kurt Vonnegut
22.**Eugénie Grandet** – Balzac
23.**O último magnata** – F. Scott Fitzgerald
24.**Carol** – Patricia Highsmith
25.**100 receitas de patisseria** – Sílvio Lancellotti
26.**O fator humano** – Graham Greene
27.**Tristessa** – Jack Kerouac
28.**O diamante do tamanho do Ritz** – S. Fitzgerald
29.**As melhores histórias de Sherlock Holmes** – Arthur Conan Doyle
30.**Cartas a um jovem poeta** – Rilke
31(20).**Memórias de Maigret** – Simenon
32(4).**O misterioso sr. Quin** – Agatha Christie
33.**Os analectos** – Confúcio
34(21).**Maigret e os homens de bem** – Simenon
35(22).**O medo de Maigret** – Simenon
536.**Ascensão e queda de César Birotteau** – Balzac
537.**Sexta-feira negra** – David Goodis
538.**Ora bolas – O humor de Mario Quintana** – Juarez Fonseca
539.**Longe daqui aqui mesmo** – Antonio Bivar
540(5).**É fácil matar** – Agatha Christie
541.**O pai Goriot** – Balzac
542.**Brasil, um país do futuro** – Stefan Zweig
543.**O processo** – Kafka
544.**O melhor de Hagar 4** – Dik Browne
545(6).**Por que não pediram a Evans?** – Agatha Christie
546.**Fanny Hill** – John Cleland
547.**O gato por dentro** – William S. Burroughs
548.**Sobre a brevidade da vida** – Sêneca
549.**Geraldão (1)** – Glauco
550.**Piratas do Tietê (2)** – Laerte
551.**Pagando o pato** – Ciça
552.**Garfield de bom humor (6)** – Jim Davis
553.**Conhece o Mário?** – Santiago
554.**Radicci 6** – Iotti
555.**Os subterrâneos** – Jack Kerouac
556(1).**Balzac** – François Taillandier
557(2).**Modigliani** – Christian Parisot
558(3).**Kafka** – Gérard-Georges Lemaire
559(4).**Júlio César** – Joël Schmidt
560.**Receitas da família** – J. A. Pinheiro Machado
561.**Boas maneiras à mesa** – Celia Ribeiro
562(9).**Filhos sadios, pais felizes** – R. Pagnoncelli
563(10).**Fatos & mitos** – Dr. Fernando Lucchese
564.**Ménage à trois** – Paula Taitelbaum
565.**Mulheres!** – David Coimbra
566.**Poemas de Álvaro de Campos** – Fernando Pessoa
567.**Medo e outras histórias** – Stefan Zweig
568.**Snoopy e sua turma (1)** – Schulz
569.**Piadas para sempre (1)** – Visconde da Casa Verde
570.**O alvo móvel** – Ross Macdonald
571.**O melhor do Recruta Zero (2)** – Mort Walker
572.**Um sonho americano** – Norman Mailer
573.**Os broncos também amam** – Angeli
574.**Crônica de um amor louco** – Bukowski
575(5).**Freud** – René Major e Chantal Talagrand
576(6).**Picasso** – Gilles Plazy
577(7).**Gandhi** – Christine Jordis
578.**A tumba** – H. P. Lovecraft
579.**O príncipe e o mendigo** – Mark Twain
580.**Garfield, um charme de gato (7)** – Jim Davis
581.**Ilusões perdidas** – Balzac
582.**Esplendores e misérias das cortesãs** – Balzac
583.**Walter Ego** – Angeli
584.**Striptiras (1)** – Laerte
585.**Fagundes: um puxa-saco de mão cheia** – Laerte
586.**Depois do último trem** – Josué Guimarães
587.**Ricardo III** – Shakespeare
588.**Dona Anja** – Josué Guimarães
589.**24 horas na vida de uma mulher** – Stefan Zweig
590.**O terceiro homem** – Graham Greene
591.**Mulher no escuro** – Dashiell Hammett
592.**No que acredito** – Bertrand Russell
593.**Odisséia (1): Telemaquia** – Homero
594.**O cavalo cego** – Josué Guimarães
595.**Henrique V** – Shakespeare

596.**Fabulário geral do delírio cotidiano** – Bukowski
597.**Tiros na noite 1: A mulher do bandido** – Dashiell Hammett
598.**Snoopy em Feliz Dia dos Namorados! (2)** – Schulz
599.**Mas não se matam cavalos?** – Horace McCoy
600.**Crime e castigo** – Dostoiévski
601(7).**Mistério no Caribe** – Agatha Christie
602.**Odisséia (2): Regresso** – Homero
603.**Piadas para sempre (2)** – Visconde da Casa Verde
604.**À sombra do vulcão** – Malcolm Lowry
605(8).**Kerouac** – Yves Buin
606.**E agora são cinzas** – Angeli
607.**As mil e uma noites** – Paulo Caruso
608.**Um assassino entre nós** – Ruth Rendell
609.**Crack-up** – F. Scott Fitzgerald
610.**Do amor** – Stendhal
611.**Cartas do Yage** – William Burroughs e Allen Ginsberg
612.**Striptiras (2)** – Laerte
613.**Henry & June** – Anaïs Nin
614.**A piscina mortal** – Ross Macdonald
615.**Geraldão (2)** – Glauco
616.**Tempo de delicadeza** – A. R. de Sant'Anna
617.**Tiros na noite 2: Medo de tiro** – Dashiell Hammett
618.**Snoopy em Assim é a vida, Charlie Brown! (3)** – Schulz
619.**1954 – Um tiro no coração** – Hélio Silva
620.**Sobre a inspiração poética (Íon) e ...** – Platão
621.**Garfield e seus amigos (8)** – Jim Davis
622.**Odisséia (3): Ítaca** – Homero
623.**A louca matança** – Chester Himes
624.**Factótum** – Charles Bukowski
625.**Guerra e Paz: volume 1** – Tolstói
626.**Guerra e Paz: volume 2** – Tolstói
627.**Guerra e Paz: volume 3** – Tolstói
628.**Guerra e Paz: volume 4** – Tolstói
629(9).**Shakespeare** – Claude Mourthé
630.**Bem está o que bem acaba** – Shakespeare
631.**O contrato social** – Rousseau
632.**Geração Beat** – Jack Kerouac
633.**Snoopy: É Natal! (4)** – Charles Schulz
634(8).**Testemunha da acusação** – Agatha Christie
635.**Um elefante no caos** – Millôr Fernandes
636.**Guia de leitura (100 autores que você precisa ler)** – Organização de Léa Masina
637.**Pistoleiros também mandam flores** – David Coimbra
638.**O prazer das palavras – vol. 1** – Cláudio Moreno
639.**O prazer das palavras – vol. 2** – Cláudio Moreno
640.**Novíssimo testamento: com Deus e o diabo, a dupla da criação** – Iotti
641.**Literatura Brasileira: modos de usar** – Luís Augusto Fischer
642.**Dicionário de Porto-Alegrês** – Luís A. Fischer
643.**Clô Dias & Noites** – Sérgio Jockymann
644.**Memorial de Isla Negra** – Pablo Neruda
645.**Um homem extraordinário e outras histórias** – Tchekhov
646.**Ana sem terra** – Alcy Cheuiche
647.**Adultérios** – Woody Allen
648.**Para sempre ou nunca mais** – R. Chandler
649.**Nosso homem em Havana** – Graham Greene
650.**Dicionário Caldas Aulete de Bolso**
651.**Snoopy: Posso fazer uma pergunta, profe sora? (5)** – Charles Schulz
652(10).**Luís XVI** – Bernard Vincent
653.**O mercador de Veneza** – Shakespeare
654.**Cancioneiro** – Fernando Pessoa
655.**Non-Stop** – Martha Medeiros
656.**Carpinteiros, levantem bem alto a cumeeira** & **Seymour, uma apresentação** – J.D.Salinger
657.**Ensaios céticos** – Bertrand Russell
658.**O melhor de Hagar 5** – Dik Browne
659.**Primeiro amor** – Ivan Turguêniev
660.**A trégua** – Mario Benedetti
661.**Um parque de diversões da cabeça** – Lawren Ferlinghetti
662.**Aprendendo a viver** – Sêneca
663.**Garfield, um gato em apuros (9)** – Jim Dav
664.**Dilbert 1** – Scott Adams
665.**Dicionário de dificuldades** – Domingos Pascho Cegalla
666.**A imaginação** – Jean-Paul Sartre
667.**O ladrão e os cães** – Naguib Mahfuz
668.**Gramática do português contemporâneo** Celso Cunha
669.**A volta do parafuso** *seguido de* **Daisy Mill** – Henry James
670.**Notas do subsolo** – Dostoiévski
671.**Abobrinhas da Brasilônia** – Glauco
672.**Geraldão (3)** – Glauco
673.**Piadas para sempre (3)** – Visconde da Ca Verde
674.**Duas viagens ao Brasil** – Hans Staden
675.**Bandeira de bolso** – Manuel Bandeira
676.**A arte da guerra** – Maquiavel
677.**Além do bem e do mal** – Nietzsche
678.**O coronel Chabert** *seguido de* **A mulher aban donada** – Balzac
679.**O sorriso de marfim** – Ross Macdonald
680.**100 receitas de pescados** – Sílvio Lancellott
681.**O juiz e o seu carrasco** – Friedrich Dürrenma
682.**Noites brancas** – Dostoiévski
683.**Quadras ao gosto popular** – Fernando Pess
684.**Romanceiro da Inconfidência** – Cecília Meirel
685.**Kaos** – Millôr Fernandes
686.**A pele de onagro** – Balzac
687.**As ligações perigosas** – Choderlos de Laclo
688.**Dicionário de matemática** – Luiz Fernand Cardoso
689.**Os Lusíadas** – Luís Vaz de Camões
690(11).**Átila** – Éric Deschodt
691.**Um jeito tranqüilo de matar** – Chester Him
692.**A felicidade conjugal** *seguido de* **O diabo** – Tolst
693.**A viagem de um naturalista ao redor do mund** – vol. 1 – Charles Darwin
694.**A viagem de um naturalista ao redor do mund** – vol. 2 – Charles Darwin
695.**Memórias da casa dos mortos** – Dostoiévski
696.**A Celestina** – Fernando Rojas
697.**Snoopy (6)** – Charles Schulz
698.**Dez (quase) amores** – Claudia Tajes
699.**Poirot sempre espera** – Agatha Christie
700.**Cecília de bolso** – Cecília Meireles